BBULMEDIA

http://www.bbulmedia.com

라
자
린

라 자 린

혼돈 속의 대륙

FANTARIN

거해 판타지 장편 소설

BBULMEDIA FANTASY STORY

contents

1장
군신 보리스와 북부의 음모

RAJARIN

……푸른 것은 대양. 어머니의 눈물은 호루스.
잠들기 원했던 뱀과 아첨꾼 유—나이츠.
지옥문을 지키는 사자는 죽음을 밝히고.
어둠이 ……을 키스할 때 새벽은 하나로 돌아간다.

.

(중략)

.

다섯 별자리의 중심.
따로 누웠으나 함께 깨어나는 영혼들.
불을 머금은 훼방꾼은 오늘도 침묵을 맛보고.
빛과 어둠을 오가는 ……의 경고는 설원에 가득하리니.

이 땅에 도래할 아버지의 고집. 구름. 빛. 누클레우스.
외쳐라. ……의 창조자가 축복을 …… 했도다.

.

(중략. 해석불가)

.

닿았던가. 얻었는가.
보았다면 전하라.
태양을 품은, 태양 그 자체인 전능한 이를.
일곱 행성이 47번째 겹치는 날.
'반드시' '함께' '다섯'은 '같은 길'을 걸어야 한다.
어긋난 불꽃의 심술은 검은 대지 속에 …… 리라.
예호다. 꺾이지 않는 어둠. 불멸의 검은 용.

.

(중략)

.

함께한 다섯이 막아서리라.

.

(중략)

.

나는 제르.
이 땅에 유일한 흑룡이니라 …….

베난드록의 석판, 검은 예언이라 부르는 연구서에서 발췌.

발신 : 비스텐지아 농업학교 8학년, 데일 잉그하임.

수신 : 비스텐지아 농업학교 문학 교사, 아타르 슈네인.

뭔가 찾아낸 것 같아요.

제자 데일이.

*　　*　　*

탁탁탁탁탁!

복도를 급하게 달려오는 소리에 낮잠을 청하던 중년인의 인상이 구겨졌다.

쾅!

'헐.'

이번에는 집무실의 문이 세게 열리는 소리.

이 시간에 자신의 단잠을 깨울 간 큰 하급자는 없다.

"야!"

"허걱!"

중년인의 고함과 동시에 소란의 주인이 놀라며 침을 삼켰다.

"미쳤냐? '평생 직장'에서 한번 잘려 볼래?"

자신의 말 한마디면 상대방은 그대로 모가지였다. 한데 그것을 알면서도 저리 서두른 이유가 분명 있을 것이라는 생각이 머릿속을 스쳤다.

　식식거리는 중년인, 모울드. 적성국의 일거수일투족을 감시하는 제국 내 특수 조직의 중간 관리자다.

　"보, 보스! 터졌습니다. 이거 진짜 대박이에요!"

　"아니면 사표 준비해."

　잠시 후, 모울드의 얼굴에서 핏기가 사라졌다.

＊　　＊　　＊

　제국의 수도 라로시르.

　이천만 인구가 밀집해 있는 트라폴리아 대륙 최대의 도시다.

　제국에서 말이 태어나면 서부의 드넓은 초원 지대인 흘러그로 보내고 사람이 태어나면 라로시르로 보내라는 속담이 있을 정도로 부와 번영, 기술과 지식, 출세와 성공의 대명사로 통하는 곳.

　황궁을 중심으로 완벽한 계획에 의해 지어진 각종 건물들은 옛 시론의 영광을 그대로 재현한 듯했다.

　수로를 따라 흘러가는 작은 배 위에 검은 모자를 푹 눌러

쓴 남자가 한가로이 파이프 담배를 피며 주변을 살핀다.

"손님, 다 왔습니다."

틱.

말없이 수고비를 던져 주며 그가 내린 곳은 수도 외곽의 선술집 근처였다.

상가들과 노점에서 장사를 하는 상인들을 바라보는 모습이 딱 시골에서 온 관광객에 다름이 아니다.

선술집으로 들어간 사내가 주인 맞은편에 자리를 잡았다.

전형적인 서민들의 휴식 공간인 이곳은 삶의 애환을 대변하는 동시에 내일의 힘찬 일과를 준비하는 희망의 장소이기도 하다.

술잔을 주거니 받거니 하던 몇몇 남자들이 검은 모자의 사내를 흘끗거리다 이내 자신들의 대화에 열중했다.

"처음 오셨습니까?"

유리잔을 닦던 주인이 사내에게 물었다.

"아, 예."

"그럼 시론의 눈물을 권해 드리죠. 아마 영원히 잊을 수 없는 추억을 남겨 드릴 겁니다."

사내가 고개를 끄덕이자 주인이 방금 닦던 잔에 붉은 빛깔이 영롱한 술을 따랐다.

몇 모금 맛을 음미하던 사내는 크게 감탄하며 주인에게 엄지를 세운다.

"시론의 마지막 왕이 왕국의 멸망을 슬퍼하며 마셨다던 술이에요. 한때는 고급술의 대표였지만 지금은 뭐, 보시다시피……."

"화끈하면서도 끝 맛이 잔잔하게 변하는 것이, 오늘 제 혀가 호강했습니다그려."

주인이 빙그레 웃으며 빈 잔에 시론의 눈물을 채웠다.

"볼라스카 출신이죠?"

"정확합니다. 어찌 아셨는지."

"끝이 올라가는 억양은 다른 지역에서는 보기 힘든 말투죠."

"그렇군요."

"기름진 땅, 볼라스카를 찬양하며!"

주인이 자신도 잔을 들어 사내의 잔에 부딪친 뒤 외쳤다.

여기저기서 손님들도 같은 축언을 말하며 사내에게 경의를 표했다.

옛 이름이 볼란이었던 볼라스카는 로슈르 제국 최대의 곡물 생산지로서 제국 내 식량 수급의 상당 부분을 담당할 정도로 중요한 땅이었다.

또한 인구가 많아 제국군 병사들의 약 1/3 정도가 볼라스카 출신이라는 말이 있을 정도.

따라서 제국민들이 볼라스카 지역 사람들을 각별히 여기는 것은 당연했다.

"전 예전에 얼음 대지와 접한 격전지에서 복무했었죠. 그때 죽음의 위기 속에서 절 구했던 친구가 볼라스카에서 왔었어요. 그래서인지 손님이 전혀 남 같지는 않습니다."

사내가 살갑게 구는 주인을 의미심장한 눈으로 바라보았다.

"선물을 드리고 싶은데 받아 주시겠습니까?"

"허허, 주신다면야 마다할 이유가 없지요."

몇몇 손님들이 사내에게 부러운 시선을 보냈다.

"아래층에 술 창고가 있어요. 제가 자리를 비울 수 없어 안내해 드리지는 못합니다만, 가셔서 마음에 드시는 물건으로 몇 개 고르세요."

단골로 보이는 손님들이 야유를 보냈지만, 주인은 그들에게 인상을 쓰며 소란을 잠재웠다.

"그럼 염치 불구하고 다녀오겠습니다."

주인의 손짓을 따라 사내는 지하로 내려갔다.

주인의 말대로 지하는 술이 가득한 저장소였다.

조금 전 마셨던 시론의 눈물을 포함해 이름을 알 수 없는 술들이 병, 또는 나무통에 가득 차 기분 좋은 주향을 풍겼다.

잠시 이름난 술 몇 병에 눈을 주던 사내는 이내 바닥을 살피며 뭔가를 찾는다.

그리고 자신이 찾던 것을 발견한 듯, 먼지 쌓인 바닥을 후후 불며 닦기 시작했다.

그긍.

사내가 기관을 작동시키자 미세한 소음과 함께 더 아래쪽으로 통하는 길이 열렸다.

주변에 아무도 없는 것을 확인한 그는 아래로 내려가며 입구를 확실히 잠그는 것을 잊지 않았다.

어두운 통로를 지나자 널찍한 공간이 나왔다. 그리고 그곳에는 사내를 기다리는 이가 있었다.

"황제께선."

"만물의 군주이십니다."

서로 상대가 맞는지 확인하는 과정을 거치고서야 사내가 무릎을 꿇었다.

"인사 올립니다. 제국 안전부 소속 울프하운드64. 마르테 보리스 경을 뵙습니다."

울프하운드 팀의 64번째 대원임을 밝힌 사내는 자신이 마주한 이의 명성을 잘 알기에 음성 속에 미미한 떨림을 감추지 못했다.

"재미없고 귀찮은 과정이었지만 이해해 주게. 우리 내부에도 첩자가 있을 수 있지 않겠는가."

"아닙니다."

울프하운드64는 솔직히 불필요한 과정이라 생각했지만

조심해서 나쁠 것은 없다는 점 또한 잘 알고 있었다.

"몇 명이나 알고 있지?"

보리스는 울프하운드64의 임무를 안다.

최종 지휘자인 보리스, 자신만이 보고 들어야 할 중대한 정보를 얻었을 때 구두로 직접 전달하는 임무를 수행하는 자.

"정보원 레드 피시와 잠꾸러기 양철 인형, 그리고 저입니다."

"한 1년 정도 업무를 중지하고 고향에 내려가 쉬도록 하게."

"……."

"그들 둘에게도 전해 주고. 특별 휴가라 생각하면 될 거야."

울프하운드64는 무척이나 곤란한 얼굴로 말을 아꼈다. 냉혹한 군신 보리스가 대체 무슨 의도로 저런 말을 하는지 알 수 없었기 때문이었다.

이쪽 조직의 생리를 너무나도 잘 알기에 그는 두려움마저 느꼈다.

최악의 경우 비밀 유지를 위해 제거될 수도 있다. 그리고 그것은 누군가의 한마디면 가능한 일이었다. 바로 눈앞 어둠 속에 서 있는 노인의 입을 통해.

"제국을 위해 고생한 자네들이 피해를 입지 않았으면 하는 마음이야."

"……감사합니다."

"그래, 이제 본론으로 들어가지. 양철 인형이 뭐라던가."

꿀꺽.

울프하운드64는 보리스의 뒤편에서 누군가 침을 삼키는 소리를 들었다.

숨겨 둔 조력자가 있는 것이 틀림없었다. 아마도 말로만 듣던, 블러드하운드팀 내에서도 최강을 다툰다는 홀고트일 것이다. 마르테의 뒤에 설 수 있는 유일한 요원.

역시 사전 준비가 철저한 분이라는 생각을 한 울프하운드64는 곧 잡념을 지우고 뚜렷한 목소리로 입을 열었다.

"검은 모래가 타오르자 은색의 기사가 기뻐 춤추었노라. 한 줌의 흙은 만 명의 목숨과도 같도다……."

이번에는 말을 마친 울프하운드64가 마른침을 삼켰다.

보리스의 기이한 침묵 그의 가슴을 답답하게 만들었기 때문.

"감히 말씀드리건대 한 치의 가감도 없습니다."

"알고 있네. 자네와 같은 특급 요원이 동원된 전언이라면 무슨 말을 했던 내 믿었을 거야."

짧은 시간이 흐르고 나서야 보리스가 한숨을 푹 쉬었다.

"이제 돌아가 휴가를 즐기게. 나가면서 술 두어 병 챙기는 거 잊지 말고."

"존경하옵는 마르테. 당신에게 황제 폐하의 무궁한 신뢰와 태양의 축복이 영원히 깃들기를."

울프하운드64는 식은땀을 닦으며 서둘러 자리를 벗어났다.

*　　*　　*

마르테 보리스, 또는 잔혹한 보리스로 더 잘 알려진 솔윈자르 보리스.

로슈르 제국의 유서 깊은 귀족 가문 대표이기도 한 그는 제국 안전부 내에서 비공식적으로 운영되는 8개의 부서를 총괄하는 수장이었다.

그의 위에는 지고한 황제만이 존재할 뿐이다.

그들은 방첩, 잠입, 수집, 암살, 납치 등을 수행하며 유사시 지역 경찰과 군대까지도 동원할 수 있는 막강한 권한을 가지고 있다.

그런 무서운 자들의 꼭대기에 선 보리스가 어떠한 인물인지는 굳이 말하지 않아도 충분히 짐작할 만하다.

예전 자유무역연합과의 물밑 다툼에서 패한 요원들 전체를 처형해 버린 일은 알 만한 이들 사이에서 아직까지도 회자될 정도.

지금 그는 지난주에 입수한 불편한 정보 때문에 잔뜩 쓴 인상을 펴지 못한 상태다.

　'북부의 군 과학자들이 큰 성과를 이뤘군.'

　울프하운드64가 전해 온 정보는 안 그래도 주름 가득한 그의 얼굴에 또 하나의 깊은 줄을 드리우게 했다.

　최근 들어 한시도 마음이 편할 날이 없었다.

　남부 격전지에서 자신의 손으로 직접 키운 용사 중의 용사인 러델 모로가 300명에 이르는 병사들과 함께 연기처럼 사라졌다. 백방으로 그의 행적을 조사했으나 결국 그들의 소식은 오리무중.

　황태자의 태도도 묘했다.

　모로는 10년이 넘게 황태자의 곁에서 호위대를 지휘했던 인물이었다.

　둘의 사이가 각별했음은 두말할 나위도 없다. 한데 황태자는 모로와 부대원들에 대한 공식적인 수색을 중지시켰고, 모로가 태양의 부름을 받아 이 땅을 떠났음을—다시 말해 사망처리— 발표했다.

　일각에서는 인사 이동에 관해 불만을 가진 모로가 북부 자유무역연합에 망명한 것이 아니냐는 말이 나돌았다.

　따라서 고귀한 귀족인 모로의 명예를 지키기 위해 황태자가 선수를 쳐, 불의의 사고로 인한 사망으로 기정사실화한 것이라는 분석이 있었으나, 보리스는 그것을 신뢰하지 않았다.

수십 년간 쌓아 온 노회한 그의 감각은 황태자의 행동에서 다른 무언가가 있다고 알려 왔기 때문이었다.

거대한 요새를 재건축해 만든 상업도시 하르실라의 일은 더 기가 막혔다.

외곽이라고는 하지만 그래도 전체의 1할에 맞먹는 지역이 전소되어 사라졌다.

사건이 벌어진 날은 때 이른 우기로 인해 엄청난 비가 쏟아지던 시기였다.

그런데도 불길을 잡지 못했고, 수많은 인명이 죽거나 실종되었다.

도시 경찰 치안대와 소방대는 불의 장막을 멍하니 바라보기만 했다고 한다.

마치 고대의 위대한 마법사가 마법진을 만들어 그 안에 위치한 모든 것들을 증발시킨 것이 아닐까 하는 착각이 들었을 정도였다.

8개 조직 중 3개의 요원들이 동원되어 목격자들의 진술을 종합해 보았지만 답이 안 나왔다.

'짐승의 울음소리? 태어나서 한 번도 듣지 못했던?'

불길 너머에서 들려온 소름끼치는 울부짖음.

그것을 들은 인간들 모두 미지의 공포에 사로잡혔었다고

한다.

가용할 수 있는 모든 자원을 동원해 하르실라의 '방화 사건'을 조사했지만 밝혀낸 것은 없었다.

제국 내에서 벌어진 최근의 두 사건은 음지의 수호자인 보리스에게 뼈아픈 일이었다.

그 이전부터 남부의 기이한 움직임에 잔뜩 독이 올라 있던 그였다.

처음 홀리 고스트나 데스 라이더 같은 소설 속 괴물들의 출현 보고는 애써 웃으며 넘길 수 있었다.

얼음 대지로부터 수백km 떨어진 마을에서 죽은 이가 살아 돌아와 가족들을 해쳤다거나 밤이 되면 가시 면류관을 쓴 악마가 나타나 사람들을 납치해 간다는 보고는 관계자들을 엄히 문책하는 것으로 마무리했다.

하지만 그 보고서가 날아오는 빈도가 늘어났고 실제로 살루키, 그레이하운드 등의 부서 요원들이 그 존재들을 목격했음이 증명되었다.

과학과 합리가 우선시되는 세상이기는 하지만, 마법이 아예 배제되는 현실은 아니었다.

'남부의 쓰레기들이 마법을? 지난 수백, 아니, 수천 년 동안 놈들에게 마법사의 존재가 있다는 기록은 없었거늘.'

그곳에서 군대의 총사령관으로서 전쟁을 수행했던 이가 바로 보리스.

따라서 지금까지 제국에서 얼음 대지에 대해 가장 잘 아는 사람이 자신이라 자부했었다.

그러나 이제는 그 자신감이 희미해졌음을 깨달았다.

얼음 대지 깊이 숨어 있는 미지의 존재들에 대해 중부와 북부의 인간들은 아무것도 모른다.

보리스는 그것을 인정하자 허탈해지는 자신을 발견했다.

얼음 대지의 침략자들이 분명 뭔가를 꾸미고 있다. 그러나 그것을 확인할 길이 너무 험난하다는 것이 문제였다.

그곳으로 투입된 요원들 중 생존이 확인된 이는 아무도 없었기에.

확실히 이 여러 사건들은 연결되어 있다.

갑작스럽게 거칠어진 얼음 대지의 침략자들과 남쪽에서부터 올라오는 기이한 소식들.

모로의 실종과 하르실라의 화재.

정체불명의 자들이 일정한 길을 따라 전투를 벌이고 있다는 보고.

북쪽 초원에서 난데없이 큰 규모의 모래 폭풍이 발생했는가 하면 푸른빛이 하늘에서 떨어져 한순간에 그것을 소멸시켰다고 한다.

이해할 수 없는 일들이 대륙 곳곳에서 벌어지고 있었다.

그리고 그 가운데 보리스도 아는 아이가 있다.

데일 잉그하임.

하르실라의 일과 모로의 실종을 조사하던 중 데일의 흔적이 발견되었다.

그때부터 조사를 진행하던 조직원들 절반이 데일을 주시하기 시작했다.

데일과 함께 국립대학교 합숙소에 들어간 키릭이라는 북부인에 대해 살피는 것은 당연한 일이었다. 그 결과 북부에서 발생한 기현상과 키릭이 모종의 관계가 있음을 알았다.

데일도, 키릭도 출발 당시 일행이 있었다.

한데 하르실라의 비극 이후 단 둘만이 남았다.

어째서일까. 그들에게 과연 무슨 일이?

'겨우 16살에 불과한 아이 둘이서 불을 질렀다고 보기에는 무리가 있지.'

보리스의 인상이 다시 구겨졌다.

둘은 각자의 거주지를 떠나 중간에서 만난 것이 분명했다. 그러나 그들이 밟고 온 길들은 지나치리만큼 깨끗했다. 누군가 개입해 발자취를 지운 것이 아니라면…….

그들을 조사하던 중 다른 아이들도 특채라는 명목으로 합숙소에 모인 것을 알았다.

루산 보우먼과 리디아 힐겐.

그들도 조사 대상에 올랐다. 그리고 데일, 키릭과 유사한 부분들을 발견했다.

루산이 리디아를 만나기 전까지, 분명 격렬한 전투를 벌인 흔적이 있었다.

리디아는 그녀를 수행한 제국군 여장교의 보호로 큰 탈이 없이 라로시르에 이른 것으로 보였다.

적어도 겉으로는.

한데 리디아와 함께 있던 여장교의 행방이 그 이후로 묘연해졌다.

하나하나가 정상적이지 않다.

그것이 보리스를 답답하게 만들었다.

몇 년 동안 없었던 특채.

게다가 그것은 대학교 총장이 정식으로 허가한 사항도 아니다.

황태자의 재가를 받아 부총장이 진행한 일. 조직이 부총장에게 주목한 것은 필연적 결과였다.

하지만 너무나 깨끗하다.

얼마 전 부총장과 단독으로 만났을 때 보리스는 그에게서 어떠한 의문점도 해소하지 못했다.

그는 그저 특별한 능력을 가진 아이들의 소문을 듣고 제국의 미래를 위해 투자하고자 한다는 말을 되풀이할 뿐이었다.

그들이 수도를 향하던 여정 중 기이한 일들을 겪었다는 사실 또한 전혀 모르는 눈치였다.

"……시간을 더 두고 보아야 하나."

보리스는 일단 합숙소를 계속 주시하라는 명령을 내리고 잠시 발을 뺐다.

남부의 위협에 신경 쓰기에도 벅찼기 때문이었다.

한데 이번에는 북쪽에서 문제가 생겼다.

남부의 일이나 특채생들의 일보다 더 현실적인 문제.

보리스는 지금 그것부터 해결하기 위해 이 자리를 만들었다.

"어쨌거나 조만간 발라니스의 손자를 만나 봐야겠군."

앞서 벌어진 사건들의 중심축 중 하나인 데일을 말함이다.

"벌써 3년이 다 되어 가나…… 로그 그 녀석이 전사했을 때가. 진작 내 곁으로 불러들이지 않은 것이 후회스럽구면."

보리스는 자신이 로그의 시신 없는 장례식에 직접 참석하진 못했지만, 대리인을 통해 고인의 가족들에게 위로를 전했었다.

대리인은 돌아와 보리스에게 이렇게 보고했다.

생각보다 침착했던 미망인.

기절한 채 며칠간 눈을 뜨지 못했던 아들, 데일.

아비의 죽음을 이해하지 못해 사람들을 보고 방긋 웃음 짓던 딸, 뮤이나.

"아마 그때였지. 데일에 관한 묘한 소문들이 씻은 듯 사라졌던 때가."

보리스 자신도 이번 사건이 아니었다면 까맣게 잊고 있었을 것이다. 특별한 능력을 가진 아이에 관한 보고서를.

보리스는 기억을 더듬어 가며 옛 일들을 떠올리고자 노력했다. 그러나 그의 생각은 오래 이어지지 못했다.

주름이 가득한 손으로 연못의 물고기들에게 먹이를 던져 주는 보리스의 뒤로 매끈한 피부에 비대한 몸을 가진 환관이 다가왔다.

"제국방위부 장관을 제외한 각료들 모두가 모였습니다."

"그 친구는 있어 봐야 허세만 잔뜩 부릴 테니 차라리 없는 편이 좋아. 황제께서는?"

"아마도……."

그럴 테지. 또 2황자를 대리로 내보냈을 것이다.

"손을 잡아 주겠나? 나이가 들다 보니 걷는 것도 힘들구먼."

보리스의 나이도 80세에 가까워졌다.

한창 때에는 남부에서 전쟁을 수행하던 군신이었고, 전역 후에는 3부의 통합 장관을 역임한 뒤 현 황제의 부탁으로 음지에서 제국을 수호하는 자리에 정착한 것이 벌써 20년이 넘었다.

환관의 부축을 받아 정원을 통과해 별궁에 위치한 회의

장으로 이동하는 보리스.

그의 뒷모습이 유난히도 초라해 보였다.

"일동 기립!"

보리스가 회의장에 들어서자 누군가의 힘찬 목소리에 따라 장관들 전원이 일어났다.

제국의 내로라하는 위인들이 이 정도까지 예우하는 인물은 아마 황실 인사를 제외하고는 보리스가 유일할 것이다.

"다들 앉으시게. 이거 원, 부담스러워서 살겠나."

가벼운 농담으로 딱딱해진 분위기를 가라앉힌 보리스가 원형의 탁자를 주욱 둘러보았다.

환관의 말 그대로 방위부 장관을 뺀 모두가 이곳에 있었다.

"2황자께서 오십니다."

막 자리에 앉았던 각료들이 다시 일어났다.

"보리스 경, 건강해 보이셔서서 다행입니다."

2황자 리아레 카리융 세프라임이 밝은 얼굴로 보리스에게 덕담을 보냈다.

시원하니 넓은 이마와 금발의 곱슬머리, 매부리코에 짧게 깎은 수염이 중년의 기품을 느끼게 하는 카리융은 전혀 사심 없는 눈빛으로 보리스를 바라보았다.

"황자께선 더욱 중후해지셨습니다. 이 또한 제국의 복이 아니겠습니까."

카리융은 애송이 시절부터 보리스를 따라 전장을 누볐던 역전의 용사였다.

몸은 약하지만, 지모가 뛰어나고, 뭔가 음침한 구석이 있는 황태자와 달리 화통한 성격에 거침없는 행동으로 제국군 내에서도 인기가 높았다.

정중하게 예를 보이며 인사하는 보리스를 그윽하게 바라보던 카리융이 곧 자리를 권해 모두를 착석시켰다.

그가 잠시 장관들 각각에게 인사를 하는 동안 보리스의 안색이 더욱 침중해졌다.

이제 곧 그의 입을 통해 나올 말들로 인해 무슨 일이 벌어질지…….

"자, 그럼 금일 각료회의를 소집하신 이유, 아니지 통보를 하시고자 하는 내용을 말씀해 주시죠."

역시나 솔직한 성격.

그에 화답하듯 보리스도 고민을 접고 바로 본론으로 들어갔다.

"말들을 다시 달리게 하고, 녹슨 갑옷과 무구들을 닦아야 할 때가 왔습니다."

"에?"

보리스의 말을 이해하지 못하는 이들은 없었다.

다시 말해 전쟁을 대비해야 한다는 뜻.

"싸움이라면 남쪽에서 지긋지긋하게 벌어지고 있는데요?"

"이번 재난은 북쪽에서 시작될 겁니다."

당황하고 있는 장관들과는 다르게 카리융의 표정이 진지해졌다.

"마르테께서는 지금껏 허튼 말씀을 하신 적이 없지요. 설명을 부탁드립니다."

그의 말에 수군거리던 장관들이 입을 다물고 보리스에게 시선을 모았다.

"먼저 여러분들께 묻겠습니다."

보리스가 좌중을 둘러보며 입을 열었다.

"남쪽을 제외하고 우리 제국은 평화롭습니까?"

몇몇 장관들이 요상한 얼굴로 서로를 돌아본다.

"아니라곤 못하지요."

농림부 장관이 중얼거리자 보리스가 그를 쏘아보았다.

"그대들이 말하는 평화의 정의는 무엇입니까."

차가운 음성으로 보리스가 말했다.

그가 풍기는 분위기로 보아 어설프게 입을 열었다가는 크게 호통을 칠 것이 분명했다.

"넘치는 곡식? 안정적인 삶? 막강한 군대? 풍요와 번영?"

보리스는 장관들 하나하나와 눈을 맞추다가 최후로 2황

자를 향한다.

"진정한 평화란 말이지요……. 싹을 남기지 않는 철저함입니다."

싹을 남기지 않는 철저함.

그 말을 곱씹던 장관들의 안색이 파리하게 질렸다.

보리스는 겉으로 보이는 안정기를 누리는 것은 평화가 아니며 철저한 대비만이 미래의 지속적인 평화를 구축하는 길임을 말한다.

즉, 장애가 될 만한 것들은 탄압하고 제거해야 한다는 뜻.

음지의 수호자다운 보리스의 언사는 확실히 안이함에 빠진 장관들을 자극하기 충분했다.

그때 국무부 장관 아날로프 비델이 손을 들어 발언권을 얻었다.

"경께서는 상당히 위험한 말씀을 하십니다. 성군 중의 성군이신 마다르 욘 세프라임 2세 황제께서 다스리시고, 태양의 축복을 받고 있는 우리 로슈르 제국은 내부적으로도 그렇지만, 외부적으로도 최전성기를 구가하고 있습니다. 북부의 야만적인 놈들은 이제 완전히 우리의 속국으로 자리잡았으며, 곡식 한 톨, 실크 한 포라도 더 팔아 달라며 애걸 중이지요. 남부의 마귀들이야 수천 년 전부터 다스릴 수 없었던 자들이지만, 이백만 대군이 완벽하게 그들을 방어해

낸 지가 수백 년이 넘었습니다. 한데 싹을 제거한다니요? 대체 무슨 후환이 있다는 말씀입니까? 우리 제국의 외교를 책임지는 국무부의 장으로서 도저히 납득이 되지 않습니다."

비델은 자신의 말에 동의를 구하는 듯, 제국안전부 장관을 슬쩍 쳐다보았다. 안전부 장관은 명목상 보리스의 윗선이었고, 경찰행정과 더불어 외부 국가들의 움직임에 관한 업무를 총괄하는 자리였기 때문이다.

그는 미미하게 고개를 끄덕이며 보리스를 바라보는 것으로 비델의 말에 동의했다.

"황자께서도 동의하십니까?"

보리스가 카리웅에게 물었다.

"흠…… 사실 이런 자리는 저보다 황태자이신 형님께서 더 어울리겠네요. 아시다시피 복잡한 것은 질색이니까요."

하지만 그의 눈은 그렇지 않다고 말한다.

"제 의견은 반반입니다. 현재까지 제국을 건드릴 자들이 없다는 것은 확실하지만, 먼 훗날에 무슨 일이 있을지 모르니까요."

말은 반반이라고 하지만 보리스의 말에 무게를 실어 주는 것에 다름이 없었다.

"자, 이제 식상한 평화놀음은 그만두시고, 마르테께서 하시고 싶으신 말씀을 주시죠. 북쪽에서 시작될 재난에 관해서요."

"전 20년 동안 어둡고 더러운 일을 해 왔습니다."

노인답지 않게 낭랑한 음성으로 보리스가 말했다.

"보통 사람들은 상상도 못했던 일들을 아무렇지도 않게 해 왔지요. 여러분이 알고 계신 평화 뒤에서 얼마나 많은 이들이 치열하게 싸우다 죽어 갔는지 모르실 겁니다."

보리스의 일은 황제와 몇몇 관련자들만이 안다.

기름 낀 장관들은 그저 보리스가 황제의 총애를 입어 별 필요 없는 이름뿐인 부서를 맡아 세월을 보내는 것으로 여기는 이들이 대부분.

따라서 지금 보리스의 말을 별로 수긍하는 눈치는 아니었다.

"얼마 전, 저는 자유무역연합 내에 상주하는 우리 측 요원으로부터 전언을 받았습니다."

서로에게 첩자를 두고 있다는 사실 또한 모르는 이들이 없었다.

하지만 그 역시 충분히 무시할 만한 일이라 생각해 온 장관들이었다. 야만적인 북부인들 따위가 거대한 제국을 위협할 수 있다는 것은 말이 되지 않는다고 생각했기에.

"제가, 저의 요원들이 십여 년도 넘게 주시하고 있던 일이 있었습니다. 실제로는 더 오래 전부터 준비되고 시행되어 왔었겠지요."

무언가 답답함을 느낀 듯 장관 하나가 목을 쓰다듬으며 한숨을 쉬었다.

"북부 12개 국가 중 은색의 체인 메일을 상징으로 삼는 기관을 두고 있는 나라를 아십니까? 가장 북쪽, 대륙의 끝자락이자 용암의 바다에 접해 있는 공화국, 젝스나이츠입니다."

"은색의…… 체인 메일?"

처음 듣는 말에 장관들 다수가 고개를 갸우뚱했지만, 안전부 장관 오페리스는 약간은 심각해진 얼굴로 고개를 끄덕였다.

"자연과학이 무척이나 발달한 나라지요. 솔직히 우리 로슈르 제국조차 그들의 과학력에 한 수 접어 줄 정도랍니다."

"감히 무식하고 잔인한 놈들 따위가……."

"그런 천박한 선입견이 제국의 평화를 위협하는 것이오."

보리스는 말을 꺼낸 당사자를 근엄하게 꾸짖었다.

"이 자리에 제국방위부 장관이 없기에 제가 대신 설명하겠습니다. 방위부 산하 7개 연구소에서 수십 년 동안 진행해 오던 프로젝트가 있었습니다. 아마…… 오페리스 경께서는 잘 아실 것이라 믿습니다."

좌중이 오페리스를 돌아보자 그는 또다시 고개를 끄덕였

다.

"우리 제국을 더욱 강력하게, 이 대륙에서 정말로 상대할 국가가 없게 만들어 줄 그런 연구였습니다. 한마디로 모든 전쟁의 판도를 바꿀 만한 기가 막힌 무기에 관한 것입니다. 그것은…… 화약입니다."

화약?

처음 듣는 단어에 장관들이 어리둥절해했다.

"워낙 비밀리에 진행된 것이기에 황제 폐하와 황태자 전하를 제외한 고위층들조차 알지 못했을 겁니다. 연구원들은 수십 년간 침묵의 서약을 하고, 철저한 감시 속에서 살아왔지요."

2황자의 표정이 일그러졌다. 그 또한 전혀 알지 못하던 일이었기에.

"한데 저희는 예전에 같은 연구가 다른 국가에서 행해지고 있었다는 정보를 입수했습니다. 조금 전 말씀드린 것처럼 십여 년 전예요."

"그 나라가 자유무역연합의 젝스나이츠고, 그 연구가 화…… 약이라는 무기?"

"예, 2황자님."

"정리하자면, 대륙을 흔들 만한 무기를 우리 로슈르 제국이 개발해 왔는데, 같은 무기를 젝스나이츠도 연구했다는 말씀이군요. 우리 측에서는 아직 미완성이 틀림없을 테고요."

"황자님의 정리가 맞습니다. 무척이나 불안정한 물질이기에 큰 사고도 여러 번 있었지요. 전장이나 그밖에 분야에서 사용하기엔 거의 불가능할 정도로요."

"……놈들이 해냈습니까."

딱 잘라 결론을 도출해 버리는 카리용이었다.

그것이 아니라면 보리스가 심각한 얼굴로 각료회의를 소집할 이유가 없었기 때문이다.

"검은 모래가 타오르자 은색의 기사가 기뻐 춤추었노라. 한 줌의 흙은 만 명의 목숨과도 같다……. 우리는 화약을 검은 모래라고 불렀습니다. 은색의 기사는 젝스나이츠 국방연구소를 달리 부르는 말입니다. 체인 메일을 깃발에 그려 넣은 기관 말입니다. 그리고 한 줌의 흙은 소량의 화약으로 만 명의 병사들을 물리칠 수 있다는 뜻입니다."

"만 명이요? 허허허허허, 마르테께서 과장이 심하십니다."

역시나 국무부 장관 비델이 비꼬듯 웃었다.

"화약이라는 것이 뭔지는 모르겠습니다만, 겨우 한 줌으로 그런 참사를 일으킬 것이라는 말씀은 받아들이기 어렵습니다. 무슨 전설상의 드래곤도 아니고."

보리스는 한층 우울해진 얼굴로 비델을 응시했다.

"비델 경께서 하시는 말씀이 옳다면 저도 좋겠습니다.

하지만 보다 실존하는 위협을 발견한 저로서는 낙관적인 전
망을 한다는 것이 힘들군요."

"큼, 큼."

잠시 어색한 침묵이 지난 후, 카리융이 입을 열었다.

"부황께선 아십니까?"

"아닙니다. 직접 보고를 드리고자 했지만, 면담을 거절
하셨습니다. 때문에 회의를 소집할 수밖에 없었고요."

요 몇 년간, 보리스와 만나는 것을 여러 차례 거절해 온
황제였다. 그 이유는 누구도 몰랐고.

"제가 보고 올리지요. 곧 부황께서 보리스 경을 찾으실
겁니다. 그런데 그 화약이란 거, 뭡니까?"

"황자께선 화산이 폭발하는 광경을 보신 적 있으십니까?
얼음의 대지에서요."

"화산을 본 적은 있지만, 터지는 것은 못 봤습니다."

"대량의 화약은 화산 폭발과도 같습니다. 산을 무너뜨리
고 강의 흐름마저 바꿀 수 있지요."

"드래곤이 아니고서야……."

"그만 입 다무시오!"

비델의 빈정거림에 보리스가 드디어 짜증을 분출했다.

"화약을 이용한 폭발은 엄청난 반응을 일으킵니다! 풍압
에 의해 물체가 날아감은 물론이거니와 연약한 육신은 조각
날 수도 있습니다. 또한 단단한 용기 내에서 반응이 이루어

진다면 엄청난 양의 파편이 사방으로 비산해, 순식간에 수십, 수백 미터 내의 물체를 파괴할 수 있어요. 그리고 일정한 방식으로 만들어진 장비를 이용, 매우 강하고 빠르게 그런 것들을 쏘아 내는 것도 가능합니다. 만약 화약이 전장에 등장한다면…… 중무장한 기사단과 강력한 방진의 보병대라 할지라도 막아 내기 어렵게 됩니다."

열변을 토하는 보리스였지만, 대부분의 사람들이 그런 상황에 대해 심각성을 느끼지 못했다.

'어리석은…… 긴 평화의 시대는 이들의 신중함마저 지워 버렸구나.'

"예, 예. 마르테께서 하시는 말씀 잘 들었습니다. 저도 빨리 부황을 뵙고 오겠습니다. 지금 하셨던 얘기들, 부황께도 다시 해 주시길."

눅눅해진 분위기 때문인지 회의가 끝나고 나서도 답답함은 가시지 않는다.

*　　*　　*

쿵쾅쿵쾅!

거친 발소리가 복도를 울렸다.

"아무도 내 집무실에 못 들어오게 해!"

얼떨결에 손을 올려 경례를 하는 병사에게 소리친 비델.

그는 매우 화가 난 듯 집무실의 문을 쾅 소리 나게 닫아 걸었다.

비델은 푹신한 의자에 몸을 걸치고 식식거리며 짜증스럽게 수염을 매만졌다.

"후우…… 젠장."

낮에 있던 각료회의에서 보리스에게 면박을 당했기 때문일까.

하지만 그렇다고 하기는 단순한 무안함을 넘어 다른 뭔가가 분명히 있다.

따릉, 따릉, 따릉—

시중드는 하인을 부르는 벨을 꾹꾹 누르는 비델의 눈에 묘한 빛이 감돌았다.

이윽고 뒷문을 열고 들어온 하녀복 차림의 미끈한 여인을 보자 분노와 불안에 휩싸였던 비델의 얼굴이 상당 부분 풀어졌다.

"부르셨습니까, 장관님."

"그래, 따뜻한 레몬 주스 한 잔 다오."

"예……."

차분히 고개를 숙이며 돌아 나가려는 그녀에게 비델이 다시 말을 걸었다.

"스무디 타입으로."

그의 입에서 '스무디'라는 말이 나온 순간 하녀의 눈이 번쩍 뜨였다.

"말씀대로 하겠습니다."

또각 거리며 문을 나서는 그녀를 보며 비델이 깍지를 끼고 편하게 의자에 기댔다.

'어찌 알았을까. 본국에서도 극비리에 진행되던 일이거늘.'

본국?

비델의 조국은 이곳 로슈르일 텐데.

문을 닫은 하녀는 복도를 쭉 걸었다.

잠시 후, 복도 끝에서 경비를 서는 병사를 스쳐 지나 이내 모습을 감추었다.

"……."

그런 그녀의 뒷모습을 응시하던 병사가 조용히 비델의 집무실을 노려보았다.

입가에 기이한 미소를 머금은 채로.

*   *   *

우르릉! 콰앙!

전형적인 열대성 폭우가 쏟아졌다.

드넓고 울창한 열대림은 끝없이 내리는 비와 바람에 구슬픈 괴성을 지른다.

일라시니아 산맥 북쪽, 그것도 대륙 끝의 기후는 언제나 이랬다.

이런 기후와 거대한 밀림 덕분에 아득한 옛날, 전설에 따르면 제르 호바의 암흑 군대도 이곳에서 발길을 돌릴 수밖에 없었다고 전해진다.

그것은 비단 자연환경 덕분만은 아니었다.

일차적으로 건조한 초원의 전사들이 그들을 괴롭혔고, 잔인하기로 이름난 이곳 밀림의 용사들이 보여 준 투지가 무시무시한 흑룡족을 물리쳤다는 것이 더 진실에 가까우리라.

용감한 이곳 전사들을 이끈 이들은 시론의 여섯 기사단이었다.

재앙을 피해 도망쳐 온 국민들을 최대한 북쪽으로 이동시킨 뒤 그들은 밀림과 초원의 야만족들을 규합해 제르 호바에게 대항했다.

레키우스 미나투르 폰테우스가 가진 아슐라탄의 검과 함께.

이후 용들의 위협이 사라졌을 때, 많은 이들이 다시 대륙 중부로 돌아갔지만 여섯 기사단은 밀림에 남았다.

그리고 그들은 하나의 작은 국가를 세웠다. 그것이 이어져 오늘날의 젝스나이츠라는 공화국으로 재탄생했다고 한다.

열대림이 하늘을 가려 빛조차 들어오지 않는 깊은 곳.

겉으로 보았을 때 투박하기 그지없는 건물들 수십 채가 빗물을 줄줄 흘리며 옹기종기 모여 있었다.

그중 가장 큰 건물 중앙에 휘날리는 깃발에는 옛 시론 기사단 중 하나인 '새벽달의 복수'를 상징하는 은색의 체인메일이 그려져 있다.

쾅!

천둥이 치고 번개가 어두운 밀림을 환하게 밝혔다.

중앙 건물 안에서 밖을 바라보던 누군가의 옆얼굴에도 하얀빛이 반사된다.

"지겹다……."

낮게 지껄이는 사내는 하얀 면복을 입은 젊은 청년이었다.

"이래서야 다음 실험은 물 건너간 거나 마찬가지로군."

화약은 습기를 머금게 되면 효용 가치가 급감한다.

따라서 아무리 잘 보관하더라도 지금과 같은 날씨라면 꽤 오랫동안 사용불능 상태로 남게 된다.

지난번 실험 때, 다행스럽게도 날씨가 화창했기에 괜찮은 결과를 얻었고, 두둑한 상여금도 챙기지 않았던가.

"아일릭, 소장님께서 부르신다."

젊은 청년 아일릭은 소장이 자신을 찾는다는 말에 인상을 쓰며 자리를 떠났다.

문을 열고 들어간 소장실.

아일릭은 순간 멈칫하며 얼굴에 놀람의 빛을 보였다.

소장 뒤쪽에 선 두 사람은 검은 일색으로 맞춘 복장을 입고 눈을 제외한 얼굴 전체도 가린 상태.

쿵.

문이 닫히자 양옆에서 아일릭에게 접근하는 같은 복장의 인물들이 또 있다.

"이, 이게 뭡니까? 소장님."

"일단 묻는 말에나 대답하게."

소장의 음성에는 힘이 없었다.

"찾으셨다고 하기에…… 이분들은 누굽니까?"

"너블 아일릭."

소장 뒤편에 있던 자 하나가 아일릭을 불렀다.

"예? 소장님! 이 사람들 대체…… 아얏!"

옆구리에 뜨끔한 무언가가 들어왔다.

옆에 섰던 자가 날카로운 칼로 슬쩍 살을 찌른 것.

순간 아일릭의 머릿속에 떠오르는 이름이 있었다.

'검은 하현달? 설마?'

국가 기밀을 다루는 자들에게 가장 두려운 이름이 무엇이냐 묻는다면, 입을 모아 대답하는 이름, 검은 하현달.

젝스나이츠뿐만 아니라 자유무역연합 내 모든 국가의 기

밀 관련자들이 절대로 만나기 싫어하는 감찰단의 명칭이었다.

그리고 그들에게 주목받아 살아남은 이는 아무도 없었다.

"그냥 확인하고자 하는 것뿐이다. 윗분들께서 굳이 보고서를 원하셔서."

검은 하현달 요원 하나가 바닥에 놓았던 주머니에서 주섬주섬 뭔가를 꺼냈다.

"흐에엑!"

아일릭은 비명을 질렀다.

요원이 꺼내 든 것은 선혈이 낭자한 여인의 머리통.

어찌나 맞았는지 부어오른 얼굴과, 완전히 빠져 버린 치아에 말라붙은 핏물이 괴기스럽기까지 했다.

하지만 아일릭은 저 얼굴을 분명히 기억했다. 아니, 입술 옆에 조그만 점을.

"너와 즐겁고 따뜻한 하루를 보냈던 여자다. 모른다고 하지는 마."

"저…… 저거."

"그래, 원래 사람은 죄가 없어. 술이 문제지."

몇 년간 금지되었던 외출이 성공적인 실험 덕택에 풀렸고, 그날 받았던 보너스 전부를 밀림 외곽에 위치한 작은 마을에서 술과 여자를 사는 데 써 버렸다.

"네가 술에 취해 무슨 말을 했는지 굳이 환기할 필요도 없다. 넌 그저 시인만 하면 된다. 어차피 들어야 할 얘기는 이 머리의 주인이 다 해 줬으니까."

덜덜 떠는 아일릭의 입가에 침이 흘렀다.

패닉 상태에 빠진 아일릭이 끌려 나가고 방 안에는 소장과 두 명의 검은 하현달 요원만이 남았다.

"저 친구는 어찌 되는 거요?"

"당신이 상상하는 그대로."

소장이 탄식하며 머리를 감싸 쥐었다.

"보안을 책임져야 할 소장, 당신도 벌을 받아 마땅하지만, 그대로 두라는 상부의 결정이 있었소. 과보다는 공이 더 크다는 판단 때문이겠지. 하지만 다음에도 이런 일이 있다면……."

꿀꺽.

소장이 목을 만지며 침을 삼킨다.

"수십 년 적공이 무너졌소. 저 멍청한 녀석 때문에. 이미 로슈르의 개, 울프하운드가 움직였고, 양측 도합 사십여 명이 죽었지. 왜 싸워야 하는지도 모른 채."

"그만, 거기까지만 듣겠소. 내게 더 큰 책임을 가지라는 뜻 아니오?"

요원이 스산하게 웃는 것처럼 느껴졌다.

"맞소, 당신 어깨 위의 그 물건, 조심히 간수하라는 의

미요. 책임감을 잊어버린 수장은 자격이 없으니까."

"허어……."

요원들이 떠나고도 한참이나 소장은 감싸 쥔 머리를 풀지 못하고 고통스러워했다.

* * *

따박거리는 경쾌한 발소리가 대리석 바닥을 울렸다.

석회석 기둥 수십 개가 햇빛을 받아 빛났고, 복도 쪽으로 길게 그림자를 드리운다.

복도 끝에 서 있던 얇은 외투를 입은 사내는 소리가 들리는 방향을 물끄러미 응시했다.

이곳은 젝스나이츠의 수도 로스트시론.

공화국 대부분 지역은 밀림과 초원으로 이루어져 있지만 남쪽에 위치한 로스트시론은 비교적 온대 기후에 가까웠기에 지금처럼 맑은 날이면 중부 내륙 지방과 유사한 날씨를 보였다.

얇은 외투의 사나이는 이런 따사로운 햇살을 좋아했다.

그가 있는 곳은 도시 중심에 우뚝 솟은 언덕 위 의사당 건물.

기둥들 사이로 들어오는 태양빛은 언제나 규칙적이고,

과학적인 정확성을 숭배하는 그로서는 가장 아늑한 공간에
다름이 없었다.

척.

외투를 걸친 푸른 눈의 사내 앞에 검은 하현달 요원이 경
례를 붙이며 섰다.

알로게이라 자칼롯.

요원을 마주한 사내의 이름이다.

그는 두 명의 호민관 중 한 명이지만, 또한 공화국의 어
둠을 대표하는 인물이기도 했다.

"존경하는 트리부누스 플레비스."

"잘 처리했는가."

"최초 발설자는 물론이고, 하급 관계자의 절반 정도는
정리했습니다."

"어처구니없는 일이었어……."

자칼롯은 생각할수록 어이가 없었다.

장장 40년에 걸친 국가적인 사업이었다. 물론 비공식적
인.

로슈르의 마르테가 낌새를 알아차린 이후 더욱 깊은 어
둠으로 숨어든 것이 10여 년 전.

그들보다 더 빨리 무기화에 성공했건만, 일개 연구원의
가벼운 입 때문에 큰 낭패를 당했다.

"로슈르 내부의 협력자가 아니었다면 눈 뜨고 당했을 거

야. 안 그런가?"

요원은 눈을 가늘게 뜨고 동의를 표했다.

"이제부터가 문젠데……."

"트리부네스 밀리티움께서는 연합 군사장 회의를 소집하자고 하십니다."

다른 한 명의 호민관인 후라니오 가낙을 지칭하는 말이다.

"풋, 아직 전면에 드러난 일도 아니거늘 전쟁을 준비하자고? 쓸데없는 호기를 부리는군."

"……."

"지금 제국놈들과 붙어서 이길 자신이, 아니, 살아남을 자신이 있다면 그리하라고 해. 쯧쯧."

자칼롯은 혀를 차며 가낙의 경솔함을 비웃었다.

"일이 터진 뒤에 놈들과 한판했다지?"

"꽤 고전했습니다. 울프하운드의 명성은 저희에겐 역시나 버겁더군요."

"우리 영내에 잔류하고 있는 자들과 접촉을 시도해."

"예?"

"저쪽 대표와 회담을 제의하도록. 기왕이면 높은 사람으로."

"하지만……."

"고요한 호수 아래의 싸움은 원래 그런 거 아닌가. 지금부터는 '정치'로 해결해야지."

"서로에게 원한이 깊습니다."

요원은 내키지 않는 듯 슬쩍 이를 갈기까지 했다.

"개인적인 것인가."

"……죄송합니다. 명령에 따르지요."

요원은 더 말하지 않고 깊이 예를 보인 뒤 복도 반대쪽으로 걸어갔다.

"조금만 참아. 언젠가 놈들의 머리에 불벼락을 내릴 날이 올 테니까."

*   *   *

자신의 집으로 들어서는 자칼롯의 표정이 식었다.

지금 순간, 태양의 온기도, 로스트시론의 평온함도 그에게 아무런 감흥을 주지 않았다.

그에게 부여된 어둠의 대표자라는 수식어가 가장 잘 어울리는 얼굴로 변한 자칼롯은 인사하는 가족들과 일꾼들을 외면한 채 서둘러 방으로 들어갔다.

"으으윽!"

문이 닫히자 그의 본성이 드러난다.

참아 왔던 분노와 상실감에 어찌할 바를 모르고 머리를 쥐어뜯으며 신음을 흘리는 자칼롯.

"젠장! 썅! 썩을!"

욕을 뱉으며 홀로 악을 쓰는 모습은 평민의 대표자라는 지위가 무색할 지경이었다.

"후우, 후우우……."

한참을 부들거리던 자칼롯이 간신히 진정되었다.

그리고 물을 마시기 위해 병을 찾던 그는 무언가에 놀라 흠칫했다.

"참나……."

문을 등지고 의자에 앉아 창문을 통해 들어오는 빛에 그림자 진 인물이 자칼롯의 눈에 들어왔다.

"제발 부탁인데 남의 방에 왔을 때는 있는 척이라도 좀 하시오."

상대방이 누군지 잘 아는 듯 자칼롯은 안심하며 입을 열었다.

스르륵.

의자가 회전하자 기척도 없던 이의 모습이 드러났다.

핏기라고는 눈곱만큼도 보이지 않는 창백한 얼굴과 흐트러짐 없는 냉담한 표정.

점 하나 보이지 않는 매끈한 피부에 긴 생머리는 분명 북부인의 생김새가 아니었다.

그렇게 두 사람이 마주 본 지 한참이 지났으나 그는 눈 한번 깜박거리지 않았다.

숨을 쉬는지 안 쉬는지도 알 수 없을 정도로 미세한 미동조차 없는 그를 보던 자칼롯이 이내 한숨을 쉬었다.

"중부인들과 만날 것인가."

낮다.

아주 낮은 톤으로 흘러나오는 음성은 높낮이가 없어 듣기에 상당히 불편했다.

"해 봐야지요. 어쨌거나 아직은 때가 아니니."

자칼롯의 눈은 그의 입을 주시하고 있었다.

어쩐지 매우 어색하게 움직이는 입술을 보노라면 저 입을 통해 말을 하는 것이 맞는지 의문이 들 정도였다.

"아무튼 미안하게 되었소. 보안에 더 신경 썼어야 했는데……."

"미안할 것까지야. 인간이란 원래 그런 생물 아닌가."

'그럼 당신들은? 같은 인간이면서.'

사내가 내뱉는 모순된 언사에 자칼롯의 눈썹이 살짝 찌그러진다.

"우리는 전부 돌아갈 것이다."

"헛!"

자칼롯이 숨을 삼키며 당황해했다.

"중부인들이 우리의 존재에 대해 어떤 식으로든 알아차릴 가능성이 있어. 열에 일곱의 확률이라면 무시할 수준이 아니지."

"우리의 연구는? 실험은? 당신들이 없다면 더 이상 진행 불가요!"

"줄 수 있는 기술은 다 주었잖은가. 더 바란다는 것은 너의 욕심인가, 아니면 네 나라에 대한 충심인가."

"으윽!"

자칼롯은 갑자기 밀려오는 허탈함에 다리가 풀려 탁자 옆 의자에 풀썩 쓰러지듯 앉았다.

"내 무슨 말을 해도 그 결정을 바꿀 순 없겠군. 안 그렇소?"

그는 어떠한 표정도 짓지 않았다. 그저 깜박거리지 않는 눈으로 자칼롯을 바라보고만 있을 뿐.

그가 일어서자 쇠가 약하게 긁히는 듯한 소리가 났다.

느리지 않은 걸음으로 자칼롯을 지나 뒷문으로 나서려는 그를 향해 자칼롯이 말을 걸었다.

"이보시오, 아프사라스."

이 기이한 인물의 이름?

끼기긱.

천천히 고개를 돌리는 아프사라스의 목덜미에서 묘한 마찰음이 튀었다.

"당신들이 사는 용암의 바다 너머에는 무엇이 있소?"

뭐랄까……. 지금껏 한 번도 감정을 표해 본 적이 없었을 것만 같던 아프사라스의 입가에서 웃음 비슷한 무언가가 보였다.

"초대하면 올 텐가?"

"……쓸데없는 질문을 한 듯하오."

고개를 돌리고 다시 걷기 시작하는 아프사라스.

그가 문을 통과해 나가기 직전 자칼롯이 또 말을 건다.

"당신들은…… 정말로 죽지 않소?"

뚝.

아프사라스가 움직임을 멈췄다.

"아, 기분 나빴다면 사과하……."

"우리는 죽음을……."

서둘러 수습하려던 자칼롯의 말이 끝나기도 전에 아프사라스의 입에서 더욱 낮아진 음성이 새어 나온다.

"선택이라 부른다네."

멍한 얼굴의 자칼롯을 두고 아프사라스는 사라졌다.

2장
사제 베난드록의 석판

RAJARIN

쿠앙!

한 점에서 터진 공기의 압력에 바닥의 풀들이 원형을 그리며 드러눕는다.

잔뜩 일그러졌던 공간이 서서히 제 모습으로 돌아오는 자리에 키릭이 주먹을 뻗은 상태로 서 있었다.

"그것밖에 안 돼?"

키릭은 자신을 놀리는 맑은 여성의 음성을 듣자 인상을 쓰며 고개를 들었다.

나무 위 가느다란 가지에 누군가 앉아 있었다.

굴곡이 완연한 몸매를 가진 소녀. 바로 자오링이다.

"웃차!"

자오링이 땅으로 폴짝 뛰어내렸다.

그녀가 앉았던 가지는 인간의 몸무게를 감당하기 어려울 정도로 약했으나 용케도 그것을 버텨 내었다. 아마도 자오링의 놀라운 무공 때문이 아닐까.

"방금 그건 뭐였냐. 분명 내 주먹에 강타당했을 텐데."

키릭은 자신의 공격이 자오링의 가슴에 정확히 들어가는 것을 보았다.

하지만 그곳에 그녀는 없었다. 그럼 방금 본 것은 무엇인가.

"알려 줘도 넌 못할걸?"

잔상이 실체처럼 느껴질 정도로 빠른 몸놀림을 통해 상대를 현혹시키는 수법.

무인의 숲에 머무는 이라코스타 대륙의 강자들 중에서도 제대로 펼칠 수 있는 자가 드물다는 무공이었다.

하지만 자오링은 그것을 너무나도 능숙하게 펼쳤다.

그녀 스스로 '극마지경'이라 판단한 경지에 이르렀기 때문이 틀림없었다.

"파괴력은 발군이로군. 하지만 느려."

뒷짐을 지고 키릭의 주변을 천천히 돌며 제자를 가르치듯 말하는 자오링.

시선을 멀리 두고 키릭을 아랑곳하지 않는 모습에서 강자의 여유가 보인다.

키릭의 눈동자가 그녀의 움직임을 따라 조금씩 이동했다. 여차하면 다시 막강한 힘이 담긴 주먹을 날리겠다는 태도로.

"왜, 검이라도 들게? 그럼 가져와."

명백한 도발이었다.

마검, 세이비어를 들었을 때 키릭은 그야말로 괴물로 변한다.

그것을 아는지 모르는지 자오링은 여전히 키릭 따위는 안중에도 없다는 모습이다.

"그만!"

갑자기 누군가 둘의 대치를 멈추게 만들었다.

"자유 대련이 좀 과열된 것 같구나. 오늘은 여기까지 하자. 둘 다 멋진 모습을 보여 줘서 이 교관은 무척 만족스럽다."

신체 단련과 체조를 가르치는 교관이 자칫 부상으로 이어질 뻔했던 조금 전의 상황을 경고하며 둘을 들어가라 손짓했다.

자오링은 교관에게 오른손을 뭉쳐 왼손으로 덮는 예를 취한 뒤 멀찍이 떨어져 있는 리디아 옆으로 걸어갔다.

키릭은 그런 그녀를 잠시 뜻 모를 눈으로 바라보다가 터덜터덜 데일의 옆에 섰다.

"후아, 정말 위험해 보였어."

"⋯⋯."

데일은 키릭의 주먹 끝에 살짝 맺혔다 사라진 푸른 기운을 보았다.

진심으로 자오링을 파괴하고자 했을까?

교관이 알았다면 크게 키릭을 나무랐을 것이다.

수업 중 각자의 특별한 능력을 꺼내는 것은 금기시되고 있었기 때문.

"다들 씻고 다음 수업 준비하도록."

어쩐지 평소와 다른 키릭에게 데일도 쉽게 말을 걸지 못했다.

그저 묵묵히 걸어가는 그의 뒷모습을 보며 모르겠다는 표정만 지을 뿐이었다.

"봤지?"

데일의 어깨에 손을 올리며 루산이 말을 걸었다.

"응."

"거봐, 내 말이 맞았지? 저 녀석 확실한 인종차별주의자야."

데일도 키릭이 자오링을 별로 마음에 들어 하지 않는다는 사실을 안다. 하지만 이 정도로 격한 행동을 보일 줄은 몰랐다.

자오링이 합숙소에 도착한 첫날부터 그랬다.

묘한 기쁨에 눈을 빛내던 데일.

차분하게 가라앉은 눈으로 자오링을 바라보던 리디아.

루산은 잠시 뭔가를 생각하는 듯 머리를 긁다가 이내 귀찮은 듯 고민하는 것을 포기했다.

그러나 키릭은 달랐다.

자오링을 바라보는 키릭의 눈은 적개심으로 불타올랐다. 적어도 데일은 그렇게 생각했다.

자오링이 오만한 자세로 한 명, 한 명의 인사를 받던 순간에도 그랬다.

당장 그 커다란 주먹이 튀어나가지 않는 것이 이상할 정도로 키릭은 분을 참는 모습이었다.

데일은 그 이유를 전혀 짐작할 수 없었다.

아무리 생각해 보아도 키릭이 품은 격렬한 증오의 근원을 파악하지 못했다.

대체 왜?

키릭에게 물어보아도 시원한 대답을 들을 수 없었다. 그는 끝까지 침묵을 지킬 뿐.

루산은 그런 키릭을 보며 인종차별주의자라고 성토했다.

그 자신도 로슈르 제국에서 보았을 때는 북부의 야만인이면서 다른 대륙에서 온 검은 머리, 검은 눈동자의 소녀를 차별한다고.

하지만 데일은 농담처럼 말하는 루산 또한 자오링에 대

해 꺼림칙한 부분을 느끼고 있다는 사실을 안다.

자오링이 온 뒤부터 루산의 행동도 약간 변화가 있었기 때문이었다.

예전처럼 가벼운 모습이 줄었다, 특히 자오링 앞에서.

그리고 자오링의 말과 태도에서 뭔가를 잡아 보겠다는 듯 깊이 빛나는 눈을 풀지 않는다.

"사람은 항상 뒤를 조심해야 하는 법이지."

언젠가 루산이 지나가는 말투로 흘린 그것을 데일은 아직 기억한다.

같은 여자라 그런지 자오링과 리디아는 친한 사이가 된 듯싶었다.

조용하고 은근한 품위마저 느껴지는 리디아와 거침없는 말괄량이 자오링은 대비되는 각자의 성격에도 불구하고 마음이 잘 맞는 듯했다.

거의 하루의 대부분을 같이 지내며 남자 아이들과 어울리지 않기에 리디아를 빼앗겼다 여기는 루산의 시무룩해져 가는 표정을 보는 것도 재미있는 일이었다.

"먼저 간다. 덩치랑 할 말이 있어서."

루산이 데일의 등을 툭 친 뒤 키릭의 뒤를 따라 서둘러 자리를 떠났다.

멍하니 서 있던 데일이 문득 재잘거리는 소녀들을 향해 눈을 돌렸다.

늘 그러하듯 자오링이 말하고, 리디아가 차분히 미소 지으며 고개를 끄덕이는 광경.

그때 자오링이 슬쩍 눈동자만 돌려 데일을 바라보았다.

허공에서 둘의 눈이 마주쳤다.

'저 눈…… 어디선가 본 적이 있는 것 같아…….'

—난 못해.

"응?"

데일은 갑자기 머릿속에서 누군가의 음성이 들리는 착각이 일었다.

—이미 늦었어. 너무 멀리 와 버렸지.

—내 손으로…… 그의 심장을…….

"뭐?"

자신도 모르게 기이한 음성을 향해 물음을 던지는 데일.

순간 언제 그랬냐는 듯 아무 소리도 들려오지 않는다.

데일은 자오링에게서 눈을 거두고 주변을 둘러보았다.

보이는 것은 그저 바람에 흔들리는 풀과 나무.

미지의 혼란에 빠진 데일을 향해 자오링이 활짝 웃었다.

그것을 느낀 데일이 어색한 웃음으로 답하며 머리를 긁는다.

"어이."

분수대 옆 맑은 물이 흐르는 작은 세면대에서 얼굴을 씻는 키릭을 루산이 불렀다.

"아주 제대로 망신당했어. 기분이 어때?"

휘파람까지 불어 대며 키릭을 놀리는 루산과 표정 없이 하던 일을 계속하는 키릭.

"정말 죽이려 했냐?"

"가능하다면."

"차라리 걔 말대로 검이라도 들지 그러서. 한 방이면 미끈한 내장들을 구경할 수 있을 텐데."

"좋은 생각이군……."

키릭은 이 순간 정말로 고민하는 것 같았다.

"쟤는 너한테 아무런 감정 없는 듯한데."

"……."

"검은 머리에 대해 안 좋은 선입견이라도 있나?"

루산의 말을 들어 보니 그런 것 같기도 하다.

극악한 드래곤 헤테르프도 인간의 형상일 때, 칠흑의 머리카락을 나풀거렸었지.

하지만 자신의 이 끓어오르는 살의는 그것과 궤를 달리한다.

자오링의 심연과 같이 검은 눈동자를 마주한 그 순간, 심장이 뜯어지는 듯 고통스러운 아픔이 떠올랐다.

마치 그녀로 인해 수백 번도 더 죽어 가는, 알 수 없는 기억이 몸에 새겨진 것이 아닐까 하는 정도로.

그것은 루산을 처음 만났을 때 들었던 것과는 또 다른 분노요, 증오였다.

만약 키릭 자신이 한 마리 짐승이라면, 그리고 루산과 자오링이 사냥꾼이라면…….

루산은 그 짐승의 다리를 자르고 치유 불가능한 상처를 준 얄미운 존재였고, 자오링은 죽어 가며 헐떡거리는 짐승의 심장을 도려낸 저주스러운 존재?

어느 쪽에게 더 큰 원한을 가질지는 말하지 않아도 빤하다.

설명하기 어렵지만 대충 이런 감정으로 루산과 자오링을 보고 있는 키릭도 답답한 심정이었다.

왜 그런지도 모르면서 살의를 품어야 하는 자신에 대해서.

"너도 저 여자아이에게 불편한 마음이긴 마찬가지가 아닌가."

이번에는 키릭이 루산에게 묻는다.

"뭐, 죽이고 싶다기보다는 그냥 신나게 패 버리고는 싶지. 왠지 모르게 뒤통수가 간질거려서 말이야. 언젠가 한번 꼭 당할 것 같기도 하고. 가끔 뭔가 머리를 스치고 지나가는 느낌은 있는데……. 아무튼 저 애를 주의하라는 내 본

능이 보내는 신호겠지. 왜, 그런 얘기 있잖아. 불쌍해서 살려 보낸 늑대가 나중에 이빨을 들이댔다는 불운한 사냥꾼 얘기. 내 전직이 사냥꾼이야. 그리고 우린 그런 교훈을 절대 멀리서 찾지 않지. 그래서…… 응?"

무슨 개가 짖냐는 얼굴로 키릭이 자신을 바라보자 루산도 말을 잇는다.

*　　*　　*

"자아~ 재미없고, 지루한 종교와 역사 수업이 돌아왔습니다. 여러분!"

교실 문을 열고 들어오자마자 아이들을 한숨짓게 만드는 중년의 여성은 신학 교수 휄민이었다.

태양의 제국이라 불리는 로슈르는 그 별칭처럼 태양 숭배 사상이 전 국토에 걸쳐 만연했다.

농노에서부터 황제까지 그 신앙심의 깊고, 가벼움의 차이는 있으나 모두가 태양을 신성시 여기는 마음은 동일하다.

종교로까지 승화된 태양 숭배 사상은 제국 도처에 수천 개의 사원을 건립할 정도로까지 발전했고, 이제는 로슈르 제국의 국교로서 완전히 자리매김했다.

휄민은 태양 교단의 정식 사제이면서 또한 로슈르 국립

대학교 교수의 직함을 가진 상당히 유명한 인물이다.

"어디까지 했더라?"

두꺼운 수업 관련 서적을 넘기며 휄민이 물었다.

"사제 베난드록과 다섯 기사들 바로 앞장까지 진행하셨습니다."

역시나 대답은 데일에게서 나온다.

"아, 그래. 고집불통 사제."

실내 수업에서 데일은 단연 돋보였다.

모든 강의는 거의 데일과 교수가 이끌어 간다고 해도 과언이 아닐 정도로.

특히 역사와 신화, 문학 관련 수업은 데일과 교수의 일대일 수업처럼 진행되었다.

지금처럼.

"그럼 데일. 베난드록이 이단으로 몰릴 수밖에 없었던 이유는?"

"그는 태양을 부정하지는 않았습니다. 다만 그 광휘 속에서 다른 무언가를 찾고자 했지요."

"그게 무엇일까?"

"화형당하는 마지막 순간까지 그가 직접적으로 언급한 적은 없었습니다. 그러나 감옥에서 썼던 몇 편의 시를 통해 자신이 찾으려 했던 존재에 대해 무한한 경외심을 표출한 적은 있습니다."

휄민이 묻고 데일이 대답한다.

"그의 굳건했던 신앙을 흔든 존재. 실체가 없는 환영을 따라가려 했던 베난드록. 왜였을까?"

"제국력 2833년 이라코스타에서 발견된 작은 석판이 시작이었다고 합니다."

휄민이 고개를 끄덕이며 교탁 위에 머리통만 한 구슬을 놓았다.

"다들 잘 보도록."

그녀가 두 손으로 구슬을 감싸며 작게 중얼거리기 시작했다.

잠시 후, 구슬이 영롱하게 빛나며 그 안에 어떤 형상이 떠올랐다.

그것은 군데군데 금이 가고 일부가 떨어져 나간 평평한 돌이었다.

휄민은 지금 일종의 마법—태양교단 측에서는 축복이라 주장하는—을 사용해 아이들에게 베난드록의 석판을 보여 주는 것이다.

"우연히 발견된 이 석판으로 인해 많은 일들이 벌어졌단다. 데일, 설명해 볼래?"

"예. 석판은 세 부분으로 이루어져 있습니다. 중앙어로 새겨졌다고 여겨지는 부분, 고대 이라스 문자로 새겨진 부분,. 놀랍게도 시론 문자로 새겨진 부분, 이렇게요. 베난드록이 석판을 어떻게 입수했는지에 대해 알려진 바는 없지만, 어쨌든 그는 그 석판을 얻은 후, 보통 물건이 아님을 직감했습니다. 당연하게도 미친 듯이 해독에 매달렸지요."

데일의 설명을 듣던 다른 아이들도 지루한 표정을 지우고 흥미를 보였다.

"이라스 문자니, 시론 문자니, 하는 것들도 사실 그가 나중에 밝혀 낸 부분이긴 합니다. 특히 중앙어 문자 해독은 그로 인해 체계가 세워진 것과 다름이 없습니다. 그 작은 석판 하나로 인해서요. 태양 사제로서 베난드록은 낙제였지만, 학자로서 그는 대단한 인물이 맞습니다."

"그래, 그래. 그래서 다음은?"

루산이 뜸 들이는 데일에게 계속 설명하라고 재촉했다.

"수많은 시행착오를 거쳐 이라스 문자를 먼저 해독한 그는 한 가지 난관에 봉착했습니다. 석판의 쪼개진 위쪽과 아래쪽. 각각 이라스와 시론 문자 기록의 시작과 끝이었기 때문입니다. 다시 말해 비교 해석을 통해 내용 전체를 가늠하기 불가능했다는 뜻입니다. 게다가 일부 해독한 내용은 어떤 역사의 기록이 아닌, 그저 어울리지 않는 단어의 나열과 형이상학적 관념의 조합에 불과했죠."

데일은 휄민을 빤히 바라보며 말을 계속 이어 갔다.

"베난드록은 이라코스타를 떠나 다른 대륙들을 여행했습

니다. 이미 밝혀진 여러 고대 문헌들과 비문들을 연구하기 위해서였죠. 혹 자신이 하고 있는 작업에 도움이 될까 하는 심정이었을 겁니다. 곳곳에 단지 단편으로만 내려오던 수많은 전설들을 탐구하는 것도 잊지 않았습니다. 마침내 그가 고향인 로슈르로 돌아왔을 때, 그를 기다린 것은 어릴 적부터 친구였던 다섯 기사들이었습니다. 베난드록은 훌륭한 가문 출신인 그들에게 미리 연락을 취해 자신의 연구에 도움을 요청했고, 그들이 준비한 각종 고문서와 해독 불가능했던 옛 문자들을 수집한 뒤 처음부터 하나하나 비교해 가며 다시 석판의 해독에 매진했습니다. 하지만 그는…… 상당히 위험한 행동을 하고 맙니다."

"그것이 뭐지?"

"죽음의 땅, 남부 얼음 대지로 들어간 것이지요. 자신이 시론 문자로 판단한 부분의 최종적인 확인을 위해서였습니다. 아마도 옛말과 글의 원형이 가장 온전히 보존된 지역이 남부라고 생각한 듯싶습니다. 그리고 그의 판단의 정확했습니다. 다섯 기사들과 그들을 따르는 전사들의 호위를 받으며 '용암의 궁전'이라 불리는 고대 엘 카로의 왕궁 터에서, 기록된 역사와 동일한 내용을 담은 문서를 발견하게 됩니다. 덕분에 시론 문자 해독 속도는 무척이나 빨라졌다고 합니다."

"아, 답답!"

루산이 참지 못하고 드디어 짜증을 분출했다.

그런 루산을 리디아가 흘겨보자 루산은 입을 턱 닫고 가슴을 퉁퉁 두드린다.

"그것은 예언이었습니다. 시론어로 기록된 전반부와 이라스어로 기록된 후반부. 단순히 단어와 관념의 나열이라 여겼던 부분들은 한 편의 시로 표현된 예언이었던 겁니다. 물론 석판의 떨어져 나간 부분 때문에 가운데 위치한 내용을 알 수 없었지만, 중앙어 해독이 완료된다면 충분히 해결 가능한 일이었습니다. 이제 남은 것은 석판의 중앙을 차지하고 있는 중앙어. 베난드록은 무사히 로슈르로 돌아와 사원에 틀어박혀 무언가를 진행했습니다. 아무도 그의 작업이 어떤 식으로, 어디까지 이루어졌는지 몰랐습니다. 친구인 다섯 기사들조차도. 이건 제가 생각해 본 것이지만……."

"말해 봐라."

휄민이 머뭇거리는 데일에게 차분히 물었다.

"그의 해독 작업은 이미 완성되었으리라 생각합니다. 그가 바깥으로 나오지 않은 이유는 중앙어의 발음을 찾아내고자 했기 때문일 겁니다. 자신이 해 오던 작업과는 어쩌면 별개의 것이었겠지만요."

"정답. 그 부분에 대해서는 데일의 짐작이 옳다."

휄민이 박수를 치며 놀라워했다.

"왜 그렇게 생각했지?"

"저 또한 베난드록의 업적인 중앙어 연구에 대한 서적들을 독학하면서 그런 의문을 가졌기 때문입니다. 또한 최종적으로 그는 중앙어가 인간의 말이 아니라는 기록을 남겼습니다."

"호오, 국립대학교에도 몇 없는 베난드록의 저서들을 어떻게 구했지?"

"그런가요? 문학 선생님께서 몇 권 읽어 보라 주셨는데……."

아타르 슈네인.

비밀에 싸인 데일의 문학 선생.

또한 스타비챠와 피스들의 주인과 계약한 다섯 코치들 중 하나.

"그는 왜 중앙어 발음을 찾아내려고 했을까?"

리디아가 궁금한 듯 데일에게 물었다.

"여러 대륙들을 돌며 취합한 자료들을 연구하던 중 그는 한 가지 중대한 사실을 발견했어. 따로따로 전해지던 전설들이 하나의 역사적 사실처럼 이어진다는 것이었지. 내가 전에 읽어 준 〈옛 전설의 조각 모음, 요약본〉 기억나지? 사실 그건 베난드록이 수집해 정리한 전설들에 내가 해석하고 얻어 낸 전설의 단편들을 포함해서 고쳐 쓴 논문이야. 외부에 공개한 적은 없지만, 슈네인 선생님께 원본과 요약본을 보내 드리기는 했어."

이제는 데일이 다른 급우들에게 설명하는 형식으로 수업이 진행된다.

"그러니까 왜 고집불통 사제는 발음에 매달렸냐, 이 말이야."

"인간이 아닌, 존재의 언어. 과연 이 세상에 그런 고차원적 행위가 가능했던 생물들이 있었다면 무엇이었을까?"

"……."

모두들 말이 없다.

"바로, 드래곤."

순간 키릭이 찔끔하며 고개를 돌렸다.

"만물의 스승을 자처하던 드래곤들만이 인간을 제외하고 언어와 문자 체계를 가질 수 있지 않았을까?"

"데일, 너. 너무 멀리 나갔어."

루산이 키릭을 잠깐 바라보다가 한숨을 쉬었다.

"내 의문과 베난드록의 의문은 같아. 전에 내가 너희한테 '용언이라 알려진 중앙어'라는 언급을 한 적이 있을 거야. 후세 사람들은 석판의 문자에 대해 가진 신비감으로 그런 표현을 썼지만, 난 보다 확실한 인식을 가지고 그것을 대했어. 당연히 베난드록도 그러했겠지. 알려진 바로 용언은 드래곤들의 언어이자 '창조적' 마력을 표출할 수 있는 신비한 힘이야. 즉, 의지를 담아 용언을 외침으로 해서 초월자적인 능력을 발휘했다는 거지."

"그래서 베난드록이 용언이 가지는 힘을 얻기 위해 그렇게 발음에 몰두했다?"

"그럴지도. 인간으로서 최초로 드래곤을 꺾었다는 폰테우스도 결국 용언을 배웠기에 가능했다고 하니까. 아, 물론 전설상으로."

"이야기가 좀 다른 데로 흘렀구나, 데일."

휄민이 조용한 말투로 데일의 말을 끊었다.

"역사 수업에서 어쩌다 전설 쪽으로 말이 나왔지만, 이쯤에서 정리를 하자꾸나. 우리가 배워야 할 것은 실제 역사이지 떠도는 전설은 아니니까. 그 부분에 대해서는 아직까지도 학자들 사이에 이견이 분분하단다."

휄민은 곧 아이들의 자세를 바르게 잡게 한 뒤 말을 이었다.

"태양교단 최초로 이단 재판을 통해 화형을 당한 사제인 베난드록. 그는 마지막 회개의 기회를 얻었지만, 끝까지 환상을 놓지 않았다. 오히려 친구였던 다섯 기사들에게 자신의 연구 결과물을 나누어 주고 대륙 각지로 흩어지게 만들었지. 용서받을 수 없는 죄악을 저지른 것이야."

"교수님 정말로 궁금해서 그러는데요."

"무엇이 말이냐, 루산."

"대체 그의 신앙심을 흔들었던 중앙어 예언, 가운데 부분에는 무엇이 쓰여 있었습니까?"

루산이 그답지 않게 적절한 질문을 했다.

"흠…… 뭐라고 말해야 네가 쉽게 알아들을까."

수업의 방향이 또다시 틀어진 것에 기분이 나쁠 만도 했지만, 휄민은 루산을 탓하지 않는다.

"베난드록은 그 부분에 대해서 어떠한 기록도 남기지 않았단다. 후세 학자들이 아무리 애를 써 봐도 알 수 없었지. 전반부와 후반부처럼 다른 문자들과 비교 분석하기도 불가능했고. 새겨진 글자 자체가 완전히 다른 형태였으니까. 석판은 이미 이단물로 규정되어 파괴되었고, 그가 수집했던 귀중한 자료들도 기사들이 가져갔거나 불태워졌단다. 오직 한 장의 탁본만이 남아 오늘날까지 수많은 의문을 던져 줄 뿐."

"데일, 넌 알아?"

루산이 물었다.

"……."

데일이 휄민을 바라보았다.

휄민은 할 수 없다는 듯 고개를 끄덕였다.

"그걸 설명하기 위해서는 중앙어 문자 체계를 먼저 알아야 하긴 해. 하지만 지금 그럴 필요까지는 없고, 알려진 부분에 대해서만 말해 줄게."

점 하나하나의 크기와 다른 글자와의 비율에 따라 뜻이 전혀 달라지는 문자가 중앙어의 그것이다.

이 자리에서 그런 복잡한 부분을 설명해 봐야 시간 낭비임을 데일은 잘 안다.

"석판을 만든 이가 의도했는지는 몰라도 가운데 위치한 여섯 줄은 앞, 뒤의 글자들과 상당히 달랐어. 중간중간 확실히 알 만한 글자가 있었지만 조사나 관계사 정도였지."

"아, 너 똑똑하고 잘난 거 아니까 제발 나 알아듣게만 말해."

"고유명사."

"잉?"

데일이 단정 짓듯 말했다.

"다른 부분들에 전혀 나타나지 않았던 여러 이름들과 그들을 상징하는 단어임이 분명해. 그간의 연구로 전설에 나오는 일곱 드래곤의 위대한 이름이 포함되었으리라 여겨지는 것이기도 하고."

순간 휄민의 표정이 묘하게 변했다.

물론 아이들은 그것을 보지 못했다.

"그리고 거기에 더해서 베난드록을 이단으로 규정짓게 만든 미지의 존재."

꿀꺽.

"누군가에게 부여된 고귀한 용언과 권능, 존재의 근원에 다가갈 수 있는 또 다른 문이라든지. 내 생각에는 말이야. 아마도 자……."

덜컹.

갑자기 교실 앞문이 열렸다. 그리고 모두의 시선이 일제히 그곳을 향했다.

거기엔 무표정한 얼굴의 사감 밸류가 있었다.

"수업 중에 죄송합니다, 훨민 교수님."

"무슨 일이죠?"

"아무래도 수업은 여기까지 하셔야 할 것 같습니다."

"예?"

"귀한 손님이 오셔서……."

훨민은 말끝을 흐리는 밸류를 빤히 응시했다. 무슨 생각을 하는지 도저히 파악하기 힘든 표정으로.

"그러지요. 다들 들었지? 오늘은 여기까지다."

*　　*　　*

또각또각.

복도를 걷는 훨민과 그 뒤를 묵묵히 따르는 밸류.

둘 사이엔 한동안 아무런 대화가 없었다.

척.

아이들이 있는 교실과 꽤 멀리 왔다고 여겨서일까.

훨민이 먼저 걸음을 멈췄다.

"그대들의 생각은 틀린 듯하군요."

"말씀하세요, 블루 미나."

밸류는 전혀 엉뚱한 이름으로 휄민을 칭했다.

"데일은, 운명의 중심은 '잠자고 있다' 는 상부의 판단. 틀렸습니다."

"……."

"다른 형태로 이미 스스로의 실체에 근접해 가고 있습니다. 그저 숨 쉬고 사유하는 그 자체로 말입니다."

"사실 제 생각도 블루 미나와 같습니다. 화이트 잭께서는 아니라고 하시지만."

화이트 잭.

합숙소 소장 갈리우스를 조직에서 부르는 이름이다.

"그는 검게 얼룩진 예언의 중심을 옛적에 알아냈어요. 긴 세월 동안 수천, 수만의 천재들이 고심해서 그 꼬리만 짐작한 부분까지도. 듣자 하니 코치, 슈네인이 관련 자료들을 볼 수 있게 해 주었다더군요. 그것만으로도 인간이 해 왔던 몇 천 년의 고민을 풀어 버렸습니다."

"예언을 내린 존재와 동일한 근원을 가지고 있다면 그리 어려운 일은 아닐 겁니다."

"그 뜻이 아닙니다. 다른 아이들과 달리 강제적으로 뭔가에 억눌려 진실한 능력이 드러나지 않았던 이가 데일입니다. 위대한 존재의 그림자를 고립시켜 버릴 정도로 큰 힘이었단 말입니다. 한데 데일은 그런 상태에서도 몇 가지 자료와 단서를 가지고 정답을 만들어 냈어요. 그저 똑똑하기만 한 '인간'의 힘으로는 불가능한 일이에요."

"그 점에 있어서도 동의합니다."

"잠자던 황금이 눈을 떴어요."

휄민의 음성이 흥분으로 살짝 떨렸다.

"퍼펙트 그레이께는 제가 말씀드리죠. 주인께서 그동안의 이해할 수 없었던 침묵을 깨고 전면에 나서실지도 모르는 일이니까요."

베일에 싸인 조직의 주인, 퍼펙트 그레이.

휄민의 말대로 그가 나서기만 한다면 제렌 디스의 위협도, 마르테 보리스의 시선도 신경 쓸 필요가 없어진다.

작은 소망이긴 하지만 일이 잘 풀려 데일이 가진 미지의 능력이 완전히 개방된다면…….

제르 호바가 깨어나 그가 했던 예언을 현실화시키기 전에 모든 위협이 데일과 아이들의 손에 사라질 수도 있지 않을까.

"한데 손님이라고요?"

"예……."

"수업을 끝내야 할 만큼 중요한 이라면……."

"솔원 자르 보리스. 제국의 수호자 마르테가 왔습니다."

휄민의 얼굴이 충격으로 굳었다.

한동안 그 상태로 둘은 가만히 서 있었다. 잠시 후.

"……뭔가 눈치를 챘다는 뜻인가요."

"그의 의중을 누가 알겠습니까."

"그렇다고 해도 직접 이곳을 찾을 정도일까요?"

조직에서 판단하기에 보리스와 그의 사냥개들은 이쪽에 대해 전혀 다른 방향으로 의문을 품고 있다.

남부와의 연관성은 이미 풀어 버린 지 오래고, 그것에 관해서는 보리스가 부총장에게 사과 비슷한 언사를 표함으로 끝난 일이라 여겼다.

다만 다섯 아이들의 일은 여전히 그들의 신경을 자극하는 것이었다.

뜬금없이 초능력을 가진 인재들을 불러들인 것도 이상한데 그들의 여정이 피로 얼룩져 있음을 알아챘으니.

정말로 조용히 진행되었어야 할 일들이 너무나도 복잡하게 변해 버렸다.

이럴 때, 큰 틀을 준비해 놓고 어느 순간부터 나 몰라라하는 퍼펙트 그레이가 원망스러워진다.

또 남부의 저력을 무시해 왔던 자신들의 실책도.

그들이 아이들의 길을 막아설 거란 예상은 왜 못했을까. 그들 스스로 제르 호바의 예언에 칼을 댄 것은 의외였지만.

이 모든 어긋남은 대체 어디서부터 시작된 것일까.

빨라진 별의 이동? 앞당겨진 제렌 디스들의 부활?

혹시 20년 전 갑자기 사라졌다가 수년 후, 다시 나타난 황금의 드래곤, 탄타쿨의 상징 때문인가.

당시 탄타쿨을 상징하는 별이 빛을 잃자 조직은 대혼란에 빠졌었다.

수천 년 동안 단 한 번도 없었던 기현상을 두고 인류의 멸망까지 거론했던 자신들이었다.

그러나 별이 다시 나타나고 고대의 지식을 간직하던 천문학자들과 마법사들이 다섯 아이들의 탄생을 공인했을 때, 예언이 실현될 것에 대한 두려움은 있었을지언정 5000년 동안 준비해 왔던 자신들의 일이 변수 없이 진행될 것이라는 데에는 추호의 의심도 없었다.

"너무 빠르다."

예전 비숍이 했던 말이었다.

제렌 디스의 부활도, 괴물들의 움직임도, 인류의 망각도…….

마치 누군가가 개입해 하나하나 조종하고 있을 것만 같은 느낌이 들 정도다.

"우린 그저 각자의 자리를 지키면 됩니다. 블루 미나."

횔민은 조용히 들리는 밸류의 말에도 일그러진 눈가의 주름을 펴지 못한다.

3장
데일과 마르테, 그 짧은 인연

RAJARIN

"영광입니다."

갈리우스가 눈앞의 노인에게 팔을 벌리고 고개를 숙이는 극진한 예를 보이며 말했다.

노인, 보리스는 희미한 웃음을 지으며 그에게 답례하며 자리에 앉았다.

보리스의 뒤에는 건장한 사내 한 명이 시립한 채 곁눈질로 소장실을 둘러본다.

"사전 연락도 없이 찾아왔다고 해서 무례하다 탓하지 말기를 바라오, 갈리우스 소장."

"아닙니다. 찾아 주신 것만으로도……."

어색하고 불편한 공기가 방 안을 감돌았다.

"홀고트. 자리를 비켜 주겠나? 자네가 있으니 소장께서도 영 얼굴색이 편치 않으이."

보리스가 호위로 여겨지는 사내에게 말했다.

"마르테께서 그리 말씀하신다면."

고위급 인사의 경호를 담당하는 블러드하운드의 요원인 홀고트는 의외로 순순히 보리스의 말에 따랐다.

그가 방을 나가자 갈리우스는 일부러 들으라는 듯 크게 한숨을 쉬었다.

"처음 뵙는구려, 소장."

"예. 제국의 기둥이신 보리스 경을 뵈올 기회는 흔한 것이 아니니까요."

"허허, 나이를 먹다 보니 밖으로 나오기 쉽지 않습디다. 오늘은 황궁에 볼일이 있어 잠시 다녀오다 생각이 나서 말이오."

"황궁이시라면……."

갈리우스는 보리스의 황궁 행차가 단순한 나들이가 아님을 직감했다.

제국의 그림자로서 하루하루를 허투루 보내지 않는 보리스이기에 그의 일거수일투족은 분명 큰 의미가 있다. 지금도 마찬가지로.

"못나고 기름진 녀석들에게 호통 좀 치고 오는 길이오. 껄껄."

못나고 기름진 녀석들이 누군지는 안 봐도 뻔했다.

"아, 하하. 설마 제게도 호통을 치시려는 건 아니시겠지요?"

가볍게 농담을 걸어 보는 갈리우스였지만, 어색한 웃음 뒤에 날카로운 무언가를 간직하고 있다.

어차피 보리스도 자신을 단순한 합숙소 소장으로 여기지 않는다.

살루키의 알렉을 통해 경고 아닌 경고를 보낸 이가 바로 보리스가 아닌가.

합숙소를 감시하는 저들 요원의 수는 파악하기로만 벌써 20명이 넘었다.

부총장 주변에도, 또 이곳을 드나드는 이들 모두에게도 감시가 붙었다.

보리스는 이미 짙은 음모의 냄새를 맡았다. 그들이 모르는 비밀 조직이 이번 일을 주도하고 있다는.

당장 티를 내지 않고 있기에 감시만 하고 있을 뿐, 만약에라도 아이들을 통해 뭔가 일을 벌인다면 즉시 사냥개들이 들이닥칠 것이다.

남부와 연결 고리가 없다고 해서 저들은 절대 자신들을 방관하지 않는다.

정말 생각만 해도 분통이 터질 노릇이었다.

어차피 세상에 '완벽'이란 것은 존재하지 않는다. 하지

만 이건 시작부터 대놓고 수상한 사람들 여기 있다고 광고
한 꼴이 되어 버렸다.

'제거해야 하나…….'

지금 당장이라도 보리스의 목을 잘라 낼 능력은 있었다.

밖에 서성거리는 블러드하운드 요원과 주변에 산재한 사
냥개들 모두를 묻어 버릴 자신감도.

그러나 명령권자로서 책임을 져 줘야 할 퍼펙트 그레이
는 자신들 조직 전체가 가야 할 방향에 아무런 길을 제시해
주지 않는다.

다섯 아이들을 한곳에 모은 순간, 다음에 할 일은 하나만
남았다.

그냥 정해진 그대로 대학교에 무사히 입교시키라는 것.

그 뒤의 일에 대해서는 누구도 명령받지 못했다.

'대학교에 거창한 무언가라도 준비해 놨나? 정말 답답하
군.'

갈리우스도, 밸류도, 다른 조직원들도 같은 의문을 품었
다.

조직의 핵심부에 속해 있는 부총장, 미누엘 할퀸 안첸트
도 그에 대해 언급을 하지 않았다.

그는 뭔가를 알고 있을까?

자신이 직접 통제하는 대학교 내에 아이들을 담아 그들
의 능력을 향상시킬 계획이라도 있단 말인가.

아이들의 실체를 끌어내 남부를 멸망시키기라도 할 작정?

하지만 그것을 풀어 줄 이는 여전히 답이 없다.

5000년간 조직을 이끌어 왔다는 농담처럼 회색 유령이라 불리는 주인, 퍼펙트 그레이는······.

"근래에 새로운 학생이 들어왔다고 들었소."

잠시 생각에 잠겨 있던 갈리우스는 보리스의 말에 퍼뜩 정신을 차렸다.

"먼 곳에서 온 유학생입니다. 그쪽 유명인이 보증해 주었습니다. 그 나라에서 가장 큰 말 목장 주인의 딸인데 어려서부터 그들 특유의 전투 기술을 배웠답니다. 기사단 양성학부를 거쳐 좋은 평가를 받는다면 황실 호위대에 들어갈 수 있을 정도로 재능이 뛰어난 듯싶더군요."

보리스는 갈리우스가 준비한 생과일 음료를 천천히 마시며 눈을 좁혔다.

서로 알 거 다 알면서 모르는 척하기란 쉬운 일이 아니다. 그러나 보리스도 갈리우스도 자연스럽게 그런 상황을 연출하고 있다.

"무슨 일로 저희 합숙소를 찾아 주셨는지요."

"만나 보고 싶은 아이가 여기 있다오."

'데일이로군.'

갈리우스는 바로 알아차렸다.

보리스와 발라니스 사이의 우정은 유명했고, 발라니스 사후, 로그의 후원자로서 자처한 이도 보리스였다.

로그의 무공이 아무리 뛰어났어도 평민의 신분으로 기병 연대장이 되기란 사실 거의 불가능한 일.

보리스라는 든든한 배경이 없었다면 남부 제국군의 영웅 일대기는 탄생하지 않았을 것이다.

데일에게 관심이 있다는 정도는 이미 알렉을 통해 들었기에 갈리우스도 고개를 끄덕인다.

"불러오라 하겠습니다."

"아니, 아니오. 어디 있는지 말씀만 주시면 되오. 그 아이에게 부담을 주긴 싫구려."

갈리우스가 보리스의 말에 동의하며 잠시 후 짧고 불안했던 만남은 끝나는 듯싶었다.

보리스를 따라나서려던 갈리우스는 호의를 애써 사양하는 그의 뜻을 존중해, 깊이 고개를 숙이는 것으로 자리를 마무리하고자 했다.

하지만, 방을 나서던 보리스가 뭔가 생각난 듯, 걸음을 멈췄다.

"소장, 아니, 갈리우스 경."

갈리우스의 직함을 부르다 말고, 국가가 부여한 귀족의 칭호를 부르는 보리스.

"왜 본관이 갈리우스 경에게 많은 것을 묻지 않는지 아시오?"

"뜻을 짐작하기 어렵습니다, 마르테."

갈리우스는 반대로 '보리스 경'이 아닌 '마르테—군신—'라고 칭함으로 자신의 입장을 은근히 드러내었다.

보리스는 갈리우스에게 그가 제국의 '신민'임을 강조하는 것이었고, 갈리우스는 '조직'의 일원으로서 보리스를 대하겠다는 표현.

"그대들, 이 특채라는 명목을 통해 뭔가를 꾸미고 있는 비밀스런 그대들의 움직임. 그 위에 자리한 이가 누군지 대충 짐작했기 때문이오."

설마, 퍼펙트 그레이를?

자신도 모르는 그의 정체를 마르테 보리스가 어찌 알았단 말인가.

"그는 결코 제국을 혼란에 빠트릴 분이 아니시오. 해서 우리는 이 괴상한 일들로 가득했던 특채와 특채생들에 대해 당분간 거리를 두기로 했소. 그러니 하던 일, 훌륭히 완수하시오. 그게 진정 제국을 위한 길이라면……."

쿵.

마르테의 남겨진 말과 함께 문은 무겁게 닫혔다.

마르테 보리스가 사라지고도 한참 동안 갈리우스는 하얗

게 질린 얼굴을 펴지 못했다.

대체 보리스는 무슨 자신감으로 저런 헛소리를 하고 간 것일까.

무언가 크게 잘못 짚은 것 같기는 한데 도무지 그것을 짐작할 수 없어 더욱 가슴이 답답한 갈리우스였다.

* * *

데일은 분수대 근처의 돌 판에 앉아 햇살을 즐겼다.

가끔 이렇게 시원한 바람을 맞으며 홀로 하늘을 바라보는 데일의 모습은 어떤 신비감마저 자아낸다.

데일은 정원 여기저기 처음 보는 이들이 서성거리는 것을 보았지만, 별로 신경 쓰지 않았다.

오늘 방문했다는 손님의 일행이 분명한 그들은 그저 끊임없이 주변을 둘러보며 자리를 벗어나지 않는다.

데일이 손을 뻗어 태양을 감싸는 시늉을 했다.

그럴 때면 마음이 편해지면서 따뜻한 무언가가 손바닥을 통해 전신으로 퍼지는 묘한 느낌이 들기도 했다.

"뭐해?"

맑고 낭랑한 음성의 주인은 자오링.

데일은 그녀의 물음에 바로 답하지 않고, 손을 모아 입가로 가져가 후웁 공기를 들이켰다.

"특이한 취미가 있는 줄 몰랐네."

자오링이 데일의 옆에 풀썩 앉으며 중얼거렸다..

"리디아는?"

그제야 데일이 자오링에게 말을 건다.

"생리 현상. 이 나라에서는 함께 변을 보러 가는 게 예의에 어긋난다더라. 그래서 나도 잠시 혼자 돌아다니는 중."

"끙."

부끄러운 얘기를 거침없이 내뱉는 자오링을 보며 데일이 얼굴을 붉힌다.

"수업은 들을 만해?"

"전혀. 남의 나라 역사나 종교는 내 관심사 밖이니까. 다만, 수학이나 과학 같은 건 배워 두면 좋겠더군. 우리 시엔의 그것보다 좀 더 원리적이고 세밀한 부분이 많아. 무술 수업은 하품만 나오지만."

"그렇구나."

잠시 어색한 침묵이 둘 사이에 맴돌았다.

"링의 아버지는 큰 부자라고 하던데, 귀족 같은 거야?"

"음…… 귀족은 아니고 그냥 가진 게 많아. 덕분에 난 어려움 없이 자랐지. 얄미운 작은 엄마들만 아니었다면 꽤 즐거운 어린 시절을 보냈을걸?"

"작은 엄마들?"

"어. 내 엄마 빼고, 아버지 부인들."

데일은 이라코스타의 결혼 풍습에 대해 잘은 모르지만 부자와 귀족들이 여러 부인을 거느리는 광경은 이곳에서도 흔한 것이었기에 충분히 이해하고 넘어갔다.

"데일 부모님은 뭐하셔?"

"어머니는 고향에 계셔. 아버지는 지금 세상에 안 계시고."

"그래? 왜?"

민감한 부분인데도 자오링은 아무렇지도 않게 물었다. 자라 온 환경 탓일까.

"군인으로서 전사하셨거든. 많은 전우를 살리시고 돌아가셨다고 해."

"멋져!"

"윽!"

자오링이 감탄을 토하자 데일은 황당한 표정으로 그녀를 바라보았다.

"우린 훌륭한 무인을 숭상하지. 특히 자신을 희생해 올바름을 추구하는 영웅을 말이야. 네 아버지는 틀림없이 위대한 정신을 가진 분이었을 거야."

"그리 생각해 주니 고맙네."

자오링과 이렇게 많은 대화를 나누어 본 적은 처음이었다.

그래서인지 조금씩 즐거운 마음이 일어난다.

"한데, 링."

"응."

"로슈르어가 무척 자연스러워. 눈 감고 들으면 외국 사
람이라고 생각이 안 들 정도로. 언제 배운 거야?"

"……."

자오링이 데일의 눈을 뚫어지게 쳐다본다.

"왜……."

그녀의 매력적인 얼굴을 대하자 데일이 저도 모르게 고
개를 뒤로 빼며 부끄러워했다.

"자고 일어나니까 술술 나오더라."

"엥? 그게 말이 돼?"

"말이 돼. 너희들 중에서 평범한 사고로 이해 가능한 애
들이 있어? 세상은 신기한 일들로 가득하지."

"그건…… 그래."

"데일."

"으, 으응?"

"너 원래 금발이니?"

"어."

"검은 머리였던 적은 없고?"

"당연하지. 나 어머니를 닮아 태어날 때부터 금발이었
어."

"이상하다…… 왜 널 보면 검은 머리를 가진 누군가가 떠오를까."

자오링은 데일을 처음 보았을 때, 겉으로 드러내지는 않았지만 아득한 충격을 받았었다.

분명 처음 보는 아이였다.

하지만 기억 속 어딘가에 데일의 흔적이 분명히 있었다.

그러나 찬란하게 빛나는 금발은 아니었다.

표현할 수 없을 만큼 무거운 어둠.

저절로 떠오른 침침한 기억 안에서 검은 머리칼을 휘날리는, 환한 빛에 휩싸였지만, 날개와 같은 거대한 어둠을 달고 있는 존재가 보였다.

시엔의 무인들에게 내려오는 가르침 중에 '상극'이란 것이 있다.

절대 만나서도 안 되며, 만났다 하더라도 피해야만 하는 존재.

곁에서 숨 쉬는 것조차 서로에게 고통을 주는, 태어나기 전부터 정해진 운명적인 원수.

혹시 데일이 자오링, 자신에게 그런 존재인 걸까.

하지만 데일을 보며 '죽음'의 느낌을 받지 못했기에 자오링은 그 생각을 바로 지웠다.

그렇다면 대체 뭘까.

이런 복잡하고도 음습하나 또한 기이한 친근감이 생기는

원인은.

자오링은 데일과 대화함으로써 그것을 확인하고자 했다. 그리고 지금 그것을 실행에 옮긴 것이다.

"아휀 드릴."

자오링이 갑자기 이상한 단어를 말했다.

"그건 뭐야. 시엔말?"

"아니, 나도 몰라. 하지만 알아. 아니아니. 그 느낌만은 기억해. 어쩌면 내 머릿속에서 헝클어진 수많은 기억들이 만들어 낸 착각일 수도."

자오링이 중얼거리듯 말했다.

언제부턴가 데일을 볼 때마다 어떤 단어가 계속 맴돌았다.

어디서 들었는지, 왜 생각나는지 자신도 도무지 알 수 없었다. 지금 이 순간에도.

그런데 갑자기, 데일이 의미를 알 수 없는 미소를 지으며 합숙소 일층의 어느 창문을 바라보았다.

"에이, 모르겠다. 데일, 들어가자. 밥이라도 같이 먹을래?"

터벅터벅.

자오링은 얼굴을 찡그리고 말을 하는 중, 누군가의 느릿한 걸음 소리가 들렸다.

그녀의 눈이 가늘어졌다.

그리고 눈동자가 빠르게 움직이며 멀찍이 있던 '손님의 일행'들을 향했다.

그들이 보이지 않았다.

자오링의 감각을 벗어나 버린 것.

자오링의 고개가 천천히 돌아갔다. 방금 그녀에게 들렸던 발소리의 근원을 향해.

그곳엔 화려하지 않지만, 분명 값비쌀 것이 틀림없는 의복을 입은 노인이 뒤에 남자 한 명을 대동하고 이곳으로 오고 있었다.

아마 밸류가 말했던 귀한 손님은 저 노인을 말한 것일 터.

예의 바른 이 데일은 자리에서 일어나 걸어 오는 노인을 향해 고개를 숙였다.

그러나 자오링은 그러지 않았다. 노인에게서 풍기는 겨울 바람 같은 기운을 읽었기 때문.

노인, 보리스가 드디어 두 아이 앞에 이르렀다.

"환잉꽝린, 메이리더 샤오지에(환영합니다, 아름다운 아가씨)."

보리스의 입에서 부족하지 않은 시엔어가 흘러나왔다.

"호오, 니 쓰쉐이(넌 누구지)?"

자오링은 대뜸 모국어로 말을 걸어 오는 노인이 그녀 자신의 신분을 이미 알고 있음을 직감했다.

"구어허우⋯⋯. 닌더 웨이따더 후친, 자오따디⋯⋯."

데일은 갑자기 두 사람이 시엔말로 대화를 나누는 것을 신기한 듯 바라본다.

"제게 볼일이라도 있나요?"

자오링이 이번에는 경어를 사용한 로슈르어로 물었다.

보리스의 눈길이 데일을 향했다. 그리고 다시 자오링을 바라보며 비스듬히 얼굴을 내린다.

이것은 분명히 그녀에게 자리를 비켜 달라는 뜻.

보리스가 자신을 만나러 온 것이 아님을 깨달은 자오링 은 살짝 고개를 끄덕인 뒤 곧 합숙소로 들어갔다.

*　　*　　*

보리스와 데일의 시선이 맞닿았다.

뜻 모를 애정이 담긴 노인의 눈과 차분히 빛나는 소년의 눈.

자오링이 사라지자마자 일어난 데일의 변화였다.

"홀고트."

홀고트가 말없이 물러나 멀리 떨어진 채 자세를 잡았다.

"많이 자랐구나."

"절 아세요?"

데일이 빙그레 웃으며 말했다.

그 웃음을 본 보리스의 입가에도 살며시 미소가 감돌았다.

지금 보리스의 모습은 적들을 두렵게 만들었던 강인한 장군의 그것과도, 제국의 음지를 호령하는 냉혹한 노인의 그것과도 완전히 달랐다.

"좀 걸을까?"

합숙소의 정원은 무척이나 넓었다.

잘 단장한 길과 푸른 잔디. 부지 뒤편을 두르고 있는 산과 하늘의 조화가 돋보이는 이곳을 한 노인과 작은 소년이 함께 걷고 있다.

"널 처음 봤을 때, 요만한 아기였단다. 유리아나의 품에 안겨 있었지."

데일의 어머니의 이름이다.

그 이름을 듣자 묵묵히 보리스의 뒤를 따르던 데일의 눈가에 그리움이 맺힌다.

"혹시 내가 누군지 아니?"

"알 것 같아요. 할아버지의 친구이자 아버지의 대부이신 분, 보리스 할아버지."

어마어마한 신분의 차이였지만, 데일은 그것을 아는지 모르는지 보리스를 할아버지라 칭했다.

"그래, 지금은 없는 두 사람이지만, 내 마음속에 깊이 새겨진 이들이란다. 넌 그들의 핏줄이고."

스스로에게 다시 확인하는 투로 보리스가 말한다.

"네 할아버지와 아버지가 내 얘기는 안 하던?"

"음…… 별로요."

너무나도 솔직한 데일의 대답에 보리스가 살짝 휘청거린다.

"허허, 그들답구나."

어려운 자리임에도 보리스의 편안한 농담과 데일의 밝은 얼굴은 그것을 잊게 만들었다.

"어머니께서 떠나기 전 말씀하셨어요. 수도에 가면 반드시 찾아뵙고 인사드려야 할 분이 계시다고요. 한데 먼저 찾아 주셨네요, 죄송해요."

"얼마 전까지 네가 온 줄도 모르고 있었단다. 그것도 이렇게 대단한 아이가 되어서. 자랑스럽구나."

"좋게 봐 주신 분들이 많아 제가 오히려 부끄러워요. 아직 부족합니다, 저는."

겸손하게 고개를 숙이는 데일이었다.

"발라니스도, 로그도 그랬지만, 너도 마찬가지구나. 늘 자신을 낮추고 부족하다 여기는 자세. 누구의 도움도 받지 않고 스스로 일어서겠다는 의지. 난 너에게서 그것을 보았다."

"옛, 아버지가요? 항상 허풍만 가득했는데…… 휴가를 내고 집에 오신 날이면 밤새 무용담을 늘어놓으셨죠. 어렸지만 어찌나 듣기 거슬렸는지, 크—"

어쩐지 과장되게 표현하는 데일을 보며 보리스는 그 안에 스며 있는 슬픔을 공유했다.

"혹시 아니? 아주 오래전 남부를 떠나온 뒤, 네 할아버지를 귀족으로 추서했었다는걸. 그 친구가 고집을 부려 결국 무산되었지만, 자신에겐 농사일이 어울린다나?"

"처음 들어요."

"로그도 그랬단다. 무수히 많은 적들의 머리를 벤 공으로 충분히 귀족이 될 수 있었어. 좋은 자리를 거부하는 건 너희 집안의 내력인 것 같구나."

"히히."

따스한 햇살 아래에서 두 사람은 정다운 대화를 계속한다.

"이곳까지 오는 길이 힘들었다고 들었다."

"좀 멀긴 했지만 힘든 일은 없었어요. 아, 강도를 만났는데 제 친구가 도와준 적은 있어요."

"정말…… 그랬니? 내 앞이라고 허세 부리지 않아도 된단다."

"진짜예요."

보리스는 데일의 태도와 말에서 정말로 그렇게 생각하고

있음을 알았다.

요원들이 올린 보고서에는 여러 차례 죽음의 위기를 겪었다고 했거늘. 그것도 남부의 자객이라 확실시되는 적들로 인해서.

자신이 기른 사냥개들의 후각은 무척이나 예민하다. 따라서 그들의 보고는 정확한 것.

'나중에 이 부분에 대해서는 따로 조사하라 해야겠구나……'

보리스는 속으로 이런 생각을 하며 다시 입을 열었다.

"데일, 넌 무엇을 하고 싶으냐. 네 꿈 말이다."

"국가 공무원이요."

데일이 가슴을 쫙 펴며 말했다.

"음, 소박하구나."

"소박하긴요, 제겐 과분한걸요. 최종 목표는 차관보입니다. 아마 그때쯤이면 귀족이 되어 있겠죠."

"오호, 넌 귀족이 되길 원하는구나. 누구들과는 다르게."

"좀 더 여유 있는 자리라면 다른 이들을 돕는 일도 쉬워져요. 제국민을 위해 일해야 할 의무를 가진 이들이 귀족 아닌가요?"

보리스는 이 순간 데일이 무척이나 탐났다.

그저 잘 보이기 위해 하는 소리가 아닌, 진심이 담겨 있음을 알았기 때문이다.

데일은 엄청난 천재로 알려져 있다.

또한 로그의 죽음 직전까지만 해도 조직에서 주목했던 초능력의 소유자가 아니었던가.

보리스 자신도 언젠가 로그의 양해를 구해 데일을 직접 키워 보고 싶었을 정도였다. 한데 왜 그것을 요 몇 년 동안 모두가 잊고 있었을까…….

만약 데일을 자신이 거느린 조직으로 데려온다면, 그래서 후계자로 키워 제국을 수호하는 자리로 이끈다면.

연약해 보이는 성품이야 차차 고쳐 나가면 된다.

그의 할아버지와 아버지도 평소에는 얼마나 다정한 인물들이었던가.

하지만 자신들의 직무에 임했을 때 누구보다 잔혹하고 파괴적인 면모를 보였던 그들이기에 그 혈통을 이은 데일도 충분히 그럴 수 있다.

"너라면 가능할 거야, 너라면. 무려 로그의 아들이 아니더냐, 허허허."

오랜만에 보리스도 시원하게 웃어 보았다.

가슴이 뻥 뚫릴 정도로 기분 좋은 시간을 가져 본 것이 얼마만인가.

"그때까지 보리스 할아버지께선 절대로 절 도와주시면 안 돼요."

"왜 그렇게 생각하지? 난 고작 뒷방 늙은이에 불과한데."

"에이, 저도 들은 말이 있어요. 은퇴하셨지만 아직도 한 목소리 하신다는 거."

둘은 시간 가는 줄 모르고 대화를 이어 갔다.

슬슬 점심시간이 끝날 때가 되었다. 또한 보리스가 자신의 일을 위해 떠나야 할 시간도.

"마르테."

블러드하운드 요원 홀고트가 다가와 조용히 보리스를 불렀다.

"음, 벌써?"

"예."

오후에 예정되어 있는 조직 대표자 회의를 주관해야 할 그였기에 아쉽지만, 이제 떠나야 했다.

"데일."

"넵, 할아버지."

"힘든 일 있으면 언제든 연락해다오. 너만은 내 곁에서 놓치기 싫구나."

"걱정 마세요. 다들 너무 잘해 주셔서 불편은 없으니까요."

데일은 보리스의 말에서 이상한 점을 찾지 못한 듯 밝은 음성으로 대답했다.

"오늘은 이만 가 보마. 음…… 한동안 못 볼 수도 있겠다. 어디 멀리 다녀와야 할 일이 있어서."

보리스는 아무렇지도 않게 지나가는 투로 말했다. 그런데.

"가지 마세요."

쿵!

보리스가 데일을 쓰다듬으려던 손을 멈칫했다.

"그게…… 무슨 말이지?"

"예? 뭐가요."

눈을 말똥거리며 반문하는 데일과 굳은 표정의 보리스.

곳곳에 퍼진 요원들을 불러 모으다 말고 데일을 돌아보며 묘한 얼굴로 변한 홀고트.

짧은 시간의 침묵이 굉장히 길게 느껴졌다.

"가지 말라니. 이 할아버지는 도저히 네 말을 이해할 수 없구나."

보리스는 머뭇거렸던 손을 뻗어 데일의 머리를 쓰다듬었다.

"제가 그랬어요?"

"……."

따각따각.

어느새 정문 앞에 보리스의 마차가 도착했다.

"내가 잘못 들은 듯하구나. 데일."

보리스는 곧 홀고트의 손을 잡고 마차에 올랐다.

"다녀와서 보자꾸나. 그때까지 열심히 공부하고."

"옛!"

데일이 환한 얼굴로 보리스를 배웅한다.

마차가 떠났다. 뒤쪽에서 손을 흔드는 데일을 두고서.

"가지 마세요……."

흔들던 손을 내린 데일의 입에서 다시 이 말이 흘러나온다.

한 방울 눈물과 함께.

잠시 후, 눈물을 닦아 낸 데일의 얼굴은 평상시의 그것으로 돌아왔다.

보리스와 함께했을 때 느껴졌던 신비함을 완전히 지우고.

규칙적으로 진동하는 마차 안에서 보리스가 길게 한숨을 쉬었다.

"마르테……."

"말해라."

정면에 그를 마주 보고 앉아 있던 홀고트가 말을 걸었다.

"분명히 들었습니다. 가지 말라는 말."

"내 귀도 아직 쓸 만하구나. 환청이 아니었으니까."

"마르테께서 아끼시는 저 아이. 예전에 이상한 능력을 보유했다고 압니다."

"그래서?"

"뭔가를 알고 한 말일까요? 조만간 처리해야 할 일에 대해서 말입니다."

"설마……."

홀고트의 의문을 마르테가 모를 리 없었다.

"최근 들어 너무나 기이한 일들이 계속 일어났습니다. 그 가운데 있는 아이의 의미심장한 말. 그냥 흘리기 어렵습니다."

"헤어지기 섭섭해서 저도 모르게 뱉은 말일 게야. 그 자신도 해 놓고 딴청을 부리지 않더냐."

"하오나 마르테."

"되었다. 국가의 큰일을 하는 이가 작은 아이의 지나가는 말에 너무 민감하게 반응하는 것도 우스워 보이니라. 우리 앞에는 당장 제국의 안정이 걸린 일이 있잖은가. 거기에 신경 쓰도록."

"예……."

홀고트가 입을 다문 뒤 보리스가 눈을 감았다.

보리스는 아까 데일을 만나기 전의 상황을 떠올렸다.

그는 한참 동안 건물 일층, 창가에 서서 데일과 시엔의 공주가 도란도란 대화를 나누는 것을 보고 있었다.

'제 어미를 닮았군.'

검은 머리카락을 자랑하며 각진 얼굴에 다부진 몸을 소

유했던 로그.

푸른 눈과 탐스러운 금발, 가늘지만 아름다운 몸매의 주인 유리아나.

데일은 거의 유리아나의 판박이라 할 정도로 로그를 닮지 않았다.

이런 저런 옛 생각을 하며 데일을 보던 보리스는 갑자기 데일이 자신이 있는 곳을 향해 조용한 미소를 보내는 것을 보았다.

'내가 보고 있음을 어찌 알고?'

데일의 그 얼굴은 시엔 공주와 대화할 때, 약간 얼빠진 듯하던 것과 완전히 다른, 빛나는 새의 신성함을 연상케 했다.

"후우……."

다시 한 번 보리스가 길게 심호흡을 했다.

4장

깨어진 약속

RAJARIN

행렬은 길었다.

처음 출발할 당시 20명에 불과했던 인원은 일라시니아 산맥 근처에 이르자 거의 500여 명으로 불어났다.

라로시르와 주변 지역 사람들이 그저 지체 높은 귀족의 나들이 정도로 여겨 준다면, 이런 귀찮고 복잡한 합류 방식도 감수할 만했다.

각지에 퍼진 8개 조직 요원들 중, 정예들만 선발한 것이 이 정도였다.

게다가 이 여정에는 30명의 태양 기사단원과 5명의 제국 마법사들이 포함되어 있었다.

누구의 행차이기에 이처럼 막강한 전투력 편성이 필요했

을까.

구불구불한 산길을 여러 대의 마차가 일렬로 지났고, 그 뒤로 중무장한 기사, 흑청색의 전투복을 입은 요원들이 말에 올라 따른다.

이대로 쭉 가면 자유무역연합과 맞닿은 국경 지대.

비밀리에 국경 수비군 사단장들과 여단장들에게 동원 대기를 내려 놓았다.

갑작스러운 실전 대비의 이유도, 이 명령의 주체도 모르는 상태에서 그들은 무조건 지시에 따를 수밖에 없었다.

군대와 경찰 치안대까지 자유로이 부릴 만한 단일 조직은 제국 내에 마르테의 사냥개들이 유일했기 때문이었다.

그렇게 2만에 이르는 대군이 산맥 아래쪽에서 지휘관의 지시만 기다리는 상태가 된 지 벌써 3일.

아마 북부인들도 상황은 마찬가지일 것이다.

도수가 높은 작은 안경을 낀 노인이 깨알 같은 글씨가 잔뜩 쓰인 책을 읽는다.

마차가 심하게 흔들리고 있지만, 노인은 약간의 어지러움도 느끼지 못하는 듯, 그저 독서에 열중하고만 있다.

끼에에에.

멀리서 독수리의 울음소리가 들렸다.

노인이 고개를 들었다.

금색과 은색, 붉고 노란 실로 화려하게 수놓은 복장에 값비싼 시엔 비단으로 만든 후드. 그 그림자 아래에서 노인, 솔윈 자르 보리스의 눈이 빛났다.

덜컹.

앞에 굳은 자세로 앉아 있던 블러드하운드13, 홀고트가 마차의 천장에 난 작은 뚜껑을 열었다.

푸드덕.

새의 날갯짓이 소리가 몇 번 들리고 잠시 후 홀고트가 뚜껑 밖으로 나갔던 상체를 내려 자리에 착석했다.

"⋯⋯제 2보병군단, 제 7연합 집단군, 그 외 4개 여단이 대기하고 있다고 합니다. 규모는 대략 3만 명."

"우리 쪽보다 만 명이 더 많구먼."

"그만큼 불안하다는 뜻 아니겠습니까."

"서로 믿을 수 없기는 마찬가지야. 트리부누스 플레비스⋯⋯ 알로게이라 자칼롯의 음흉함은 이쪽 세계에선 유명하지."

"치졸한 자의 음모가 있다 하더라도 우리에겐 기사단과 마법사들, 최정예 사냥개들이 있습니다. 감히 마르테의 신변에 위협을 가할 순 없을 겁니다."

홀고트가 단정 짓듯 말했다.

"자네도 그리 생각하는가?"

보리스가 홀고트의 옆에서 지금껏 잠자코 있던 사내에게

물었다.

그는 알렉이었다.

조직에서 부르는 이름은 살루키0, 보리스의 최측근이라 할 수 있는 자다.

"일단 수만 대군이 맞붙을 일은 없을 것입니다. 만약 불미스러운 일이 발생한다면 서로 동원한 요원들만으로 해결하게 될 겁니다. 일단 그 부분에서 확실히 우리 쪽이 우수하긴 합니다. 북부인들에게 마법사가 있다는 정보는 아직 없었으니까요, 또 기사단의 존재도. 하지만 지난 번 붙어 본 '검은 하현달'은 확실히 강해지긴 했습니다. 울프하운드가 30명이나 희생되었죠. 대부분이 일상생활 중 급습을 당했습니다. 찍 소리도 내지 못하고 갔단 말이지요. 심지어 면도하는 도중에 뒤에서 목을 그어 버린 경우도 있었습니다."

"즉, 회담 중 갑작스러운 기습이 벌어진다면 내 안전은 보장 못한다는 말이로군."

"면목 없습니다."

"어쩌겠나. 이 자리에 오겠다고 고집을 부린 것은 나인데."

'화약' 사태로 인해 많은 희생자가 나왔다.

그리고 얼마 후, 자칼롯의 제안으로 양측의 대표자가 만나 정치적으로 이 사태를 풀기 위한 회담이 성사되었다.

당연하게도 자유무역연합 측에선 자칼롯이 나오기로 결정되었다.

따라서 그에 걸맞은 로슈르의 대표자는 알렉이나 다른 고위급이 참석하면 되었다.

그 정도로 제국과 연합의 격차는 컸다.

한데 이 회담에 보리스가 직접 나서리라는 것은 누구도 예상하지 못했다.

그만큼 지금 상황을 심각하게 받아들이고 있다는 방증일 터.

"설마 섣불리 움직이겠습니까. 만약 마르테께 위해를 가한다면, 곧바로 80년 전의 전쟁이 재발하는 결과를 불러올 텐데요."

홀고트의 말 또한 사실이었다.

보리스 한 명을 제거하고자 12개 연합 전체의 운명을 가지고 도박을 하지는 않을 것이기에.

보리스를 형제처럼 생각하는 황제의 말 한마디면 곧바로 전쟁이다. 이번에는 80년 전처럼 조약 따위로 무마되지는 않을 것이다.

"신중해서 나쁠 건 없어."

알렉이 홀고트를 향해 차갑게 말했다.

둘은 사석에서는 무척 친한 사이였지만, 귀족으로서의 지위나 조직 내에서의 비중으로 봐서 큰 차이가 있기에 이 말은 홀고트의 입을 다물게 만들기 충분했다.

"마르테. 불편하시겠지만 기사단장과 마법사 두 명을 마르테 곁에 서도록 하겠습니다. 우리 요원들 배치 부분은 제가 저쪽 담당자와 협의하지요."

"그러시게나."

보리스는 말을 마치고 다시 독서에 집중했다.

휘이잉—

세찬 바람에 로슈르 제국의 국기가 사정없이 펄럭였다.

회담 장소는 비교적 낮은 산 정상의 넓은 분지.

적어도 2천 명 이상을 수용할 만큼 시원하게 펼쳐진 그곳에 두 집단이 거리를 두고 마주했다.

한쪽에서 미리 준비한 듯, 검은 천을 씌운 막사가 가운데 존재했고, 그걸 중심으로 둥글게 포진한 채 각자의 깃발을 앞세우는 이들 사이로 몇 명이 걸어 나왔다.

로슈르에서는 알렉과 몇 명의 블러드하운드. 자유무역연합 측에서는 팔루다멘툼을 걸친 건장한 사내들이었다.

잠시 동안 뭔가를 협의하던 그들은 곧 각자의 진영으로 돌아가 인원들을 배치하기 시작했다.

"인사드리겠습니다, 이름 높은 제국의 영웅 보리스 경. 전 평민의 아들이자 공화국의 호민관, 알로게이라 자칼롯이라 합니다."

천막 안, 직사각형의 나무 탁자 건너에서 선량한 인상의 사내, 자칼롯이 보리스를 맞이했다.

통역을 대동하지 않고 유창한 로슈르어를 말하는 자칼롯은 정말로 보리스를 환영한다는 뜻을 강하게 피력한다.

"그대의 이름은 많이 들었소, 그 다정한 성격에 대해서도. 반갑소이다, 솔윈 자르 보리스라오, 자칼롯 경."

"말씀드렸다시피 전 평민의 아들입니다. 귀족의 칭호와는 거리가 있으니 그저 편하신 대로 자칼롯이라 부르셔도 됩니다."

'이것 봐라……'

일부러 자칼롯에게 '경'이라 불러 본 보리스였다.

그가 귀족이 아님을 모르는 것도 아니었다.

권력을 향한 이리와도 같다는 자칼롯의 반응을 보고 싶었던 것. 역시나 자칼롯은 유연하게 주변의 따가운 시선을 무마시킨다.

"솔직히 마르테께서 몸소 찾아 주실 줄은 전혀 예상치 못했습니다."

"가끔은 삐걱대기라도 해야 세상 사람들이 나를 떠올릴 것 아니겠소. 더운 여름 햇살에 꾸벅꾸벅 조는 늙은이 취급 받을 바에야 이렇게 때마다 살아 있는 티를 내는 것도 삶의 지혜라오."

감히 대륙의 눈과 귀를 장악하고 있는 보리스와 그의 조직을 무시하고 물밑에서 일을 진행했던 북부에 대해 돌려서 비난하는 보리스였다.

"전 늘 풍요 가득한 황금빛 대지를 꿈꾸었습니다. 우리 공화국에서 볼 수 없는 그런 광경을 말입니다. 사물을 인식할 나이가 되어 처음 먹어 본 로슈르의 곡식은 열대 과일과 사탕수수, 옥수수만 먹었던 저게 신선한 충격이었지요."

"조약 이후로 충분한 지원이 있었소이다. 쌀이나 밀, 보리 재배에 필요한."

"이상하게도 저희 북부의 땅은 척박하더군요. 조상들이 얼마 안 되는 초원을 갈아엎어 농사를 시도해 봤지만 성공한 적이 없었습니다. 부족한 작물과 또 부족한 짐승의 고기, 천지에 널렸다 하지만 영양가 없는 과일로는 1, 2억을 왔다 갔다 하는 연합의 인구를 배불리 먹이기에 턱없이 부족했습니다."

"전전대 황제께서 관세를 최대한 낮추어 그대들에게 은혜를 베푸셨소. 농작물의 무상 지원도 상당했고."

"제국의 평민들과 다르게 저희 연합의 평민은 말이지요. '배고픔'을 당연한 숙명으로 알고 살아왔습니다. 그것이 미덕이라 배워 왔고요. 막대한 제국의 지원이 있었어도 그것은 각 연합국의 윗선들에게 베푼 동정일 뿐이었습니다."

"후후후, 그대들 지배 세력의 부패를 탓하시오."

"예, 예. 물론이지요. 해서 저희 젝스나이츠는 그런 부패를 일소했습니다. 제가 호민관이 되고 나서요. 무려 오백 명의 관료들을 부패 혐의로 처형한 것이 벌써 5년이 지났군요."

"……하고 싶은 말이 뭐요, 호민관."

보리스가 무거운 음성으로 물었다. 이렇게 길게 말을 끄는 이유를 듣기 위해.

"방금 제가 말씀드렸지요. 전 드넓은 황금 대지를 동경했었다고. 그건 저뿐만 아니라 모든 북부인들의 소망일 겁니다."

"그 소망을 이루기 위해 전쟁을 준비했다?"

"어떻게 보면 그리 생각하실 수도 있겠군요. 그 점에 대해서는 깊이 사죄드립니다. 예, 맞습니다. 1억 북부인의 소망, 배고픔 없는 삶에 집착한 나머지 보시기 불편한 짓을 했습니다."

"불편, 불편이라……."

"보리스 경, 아니, 마르테. 당신께서는 잘 아실 겁니다. 힘, 그 의미를요. 남부의 미친자들을 막강한 군대로 눌러 버린 분이니까요. 힘이 있다면 모든 소망은 이루어집니다. 약소국이 강대국을 상대로 큰소리칠 수 있는 힘."

"하지만 그 약소국은 결코 강대국을 이길 수 없소. 역사가 그것을 증명했으니."

"적어도 협상의 여지는 있다고 판단했습니다. 벼랑에 몰린, 잃을 것 없는 자와 많은 것을 소유한 자. 둘이 싸우고 나면 한쪽은 웃으며 죽겠지만, 한쪽은 눈물 흘리며 잃은 것들을 아까워할 테니 말입니다. 강자의 지혜는 거기서 나오는 것이 아니겠습니까. 처음부터 잃지 않는 것이 진짜 승리란 것을요. 한데 절대적 강자인 로슈르 제국은 그 풍요를 저희에게 베푸시는 데 인색했습니다. 강한 군사력과 어마어마한 경제력을 앞세워 정대한 대가 이하를 저희가 받아들이게 만들었지요. 배고픈 이들의 눈물과 당신들의 지혜를 외면한 채."

"어린아이의 투정이로군……."

"어떻게 여기시더라도 상관없습니다. 전 이 자리에 변명을 드리러 나온 것이니까요. 검은 모래…… 즉, 화약. 전그 길만이 로슈르라는 강자에게서 약자를 향한 동정을 받아낼 것이라 확신했습니다. 어쨌거나 다툼이 벌어진다면 제국 측도 이전에는 상상도 할 수 없었던 피해를 감수해야 합니다. 화약은 그걸 가능케 해 주지요."

대놓고 비밀 연구를 말해 버리는 자칼롯이었다.

몇몇 비관련자들은 갑자기 무슨 말을 하느냐는 얼굴로 자칼롯을 바라보았다. 자유무역연합 쪽도, 제국 쪽도.

보리스 옆에 선 기사단장과 마법사 또한 그랬다.

그들은 동그랗게 뜬 눈으로 보리스와 자칼롯을 번갈아보며 의문을 표했다.

"성공했다고 들었소. 축하드리오."

화약의 무기화에 먼저 다다른 쪽은 자유무역연합이다.

젝스나이츠의 과학자들이 정말 대단한 일을 해낸 것이다. 만약 조금 더 빨리 알았다면 어떻게든 그들을 암살했을 텐데.

"감사합니다. 고생은 국민들이 다 했지요. 솔직히 전 화약 무기로 제국을 공격하거나 할 생각은 추호도 없었습니다. 아직 이 일을 모르는 다른 연합국의 지도자들도 결사적으로 반대했을 게 뻔합니다. 감히 누가 제국을 상대로 허튼 짓을 하겠습니까. 기득권을 잃을 게 눈에 보이는데요. 다만 시기를 보아 만방에 화약의 무시무시한 위력을 공개할 예정이었습니다. '협상을 위한 시위' 정도로만요. 제 생각이 짧았습니까?"

자칼롯의 얼굴은 정말로 아버지에게 용서를 구하는 아들의 그것처럼 애처롭게 변했다.

"아니오, 너무 길어서 '불편' 할 뿐. 설득과 선동의 달인이라는 그대가 그리 말하는 것을 믿어야 할지 고민이라오."

"가난한 평민의 아들이 꿈을 펼치기 위해 걸어야 했던 길이랍니다."

자칼롯이 미소 지었다.

저 웃음 뒤에서 얼마나 많은 정적들이 제거되었을까.

"길게 끌 자리는 아닌 것 같소이다. 먼저 말씀하시려오?"

보리스는 어쩐지 이 자리가 상당히 기분 나빴다.

자칼롯이 말하는 중 차를 홀짝이다 그의 뒤편에 선 연합 측 인사들 중 누군가의 얼굴을 봤기 때문이었다.

보통 북부인의 생김새와는 전혀 다른 용모.

판으로 찍어 낸 듯, 부드러운 얼굴형과 창백한 낯빛.

게다가 단 한 번도 눈을 깜박이지 않고 자신을 응시하는 기괴한 눈.

문득 소름이 돋은 보리스는 서둘러 이곳을 떠나고 싶어졌다.

"관세를 철폐해 달라는 건 무리한 요구겠지요. 다만 교역 조건을 13대 1에서, 5대 1 정도로 변경해 주시길 간청합니다."

5대 1만 하더라도 자유무역연합이 불평등하긴 마찬가지였다. 하지만 적어도 평민들에게 돌아갈 혜택은 늘어날 터.

자칼롯의 의지대로 고위층의 부패가 사라진다면 말이다.

"9대 1이 적당할 듯하오. 아시겠지만 올해 우기가 빨리 와서 흉작이 예상되니. 또 남부 침략자들이 요즘 들어 상당히 성가신 행동을 하고 있소. 그쪽에 투자해야 할 예산이 늘어났기에 당장은 그대들의 요청을 받아들이기 어렵소."

"8대 1. 저희 아이들이, 저희의 미래가 기아에 허덕이고 있습니다. 뮈란드에선 이미 아사자가 속출하고 있답니다."

자칼롯은 물러설 줄 모른다.

그는 지금이 기회라는 것을 알았다. 어떻게든 이 협상을 만족스럽게 타결시켜 자신의 지위를 높이고 다음 선거에서 유리한 위치를 점해야 했다.

"황제께 말씀드려 보겠소, 각부 장관들에게도. 크게 기대는 하지 마시오."

"제국에서 마르테의 위치라면 누구도 이의를 제기하지 못할 거라 압니다. 희망적인 답변 감사드리지요. 자, 이번에는 저희가 들어드릴 차례군요."

보리스는 잠시 자칼롯의 눈을 뚫어지게 바라보았다. 크게 부담을 느끼라는 뜻일까.

"화약의 전량 폐기. 거기에 더해 그간의 연구 성과를 넘기시오."

"예…… 옛?"

보리스의 말은 그들의 모든 것을 포기하라는 것과 같았다.

"모든 관리 감독은 우리 요원들이 할 것이며, 그쪽 연구원들과 관련자 모두를 제국민으로 받아들이겠소. 그들의 가족들 전부도. 호민관, 그대도 원한다면 그리 해 드리지."

"자, 잠시만요. 마르테께서는 지금……."

"들으시오, 호민관. 어린아이의 투정은 따끔한 호통으로 잠재울 수 있다오. 하지만 그대의 말대로 지혜로운 어른은 사탕을 꺼낸다오. 난 그대에게 사탕을 제시했소. 아무도 호통을 들을 필요도, 다치거나 죽을 필요도 없소. 얘기가 잘 된다면 말이외다. 우리 제국군을 그대의 나라 젝스나이츠에 주둔시키겠다는 생각까지 했었다면 이해가 되시겠소?"

"하지만 그건……."

의기양양하던 자칼롯의 안면은 이제 썩은 고양이의 시체를 씹은 것처럼 일그러졌다.

"제국이 민본주의 정책을 취한 지 몇 백 년이 지났다 하지만, 여전히 황제권은 불멸이고, 국민들은 황제의 신민이라오. 다시 말해 백만의 병사와 평민이 죽어 나가더라도 우린 아무도 신경 쓰지 않는다는 말이오. 강자의 지혜보다는 힘의 논리가 우리에겐 더 익숙하구려."

"으그그극."

자칼롯이 보리스의 맹수 같은 눈동자를 바라보며 이를 악문다.

"이, 이건 협상이 아니잖습니까."

"협상? 누가 협상이라 했소. 난 통고를 하고 그대들에게 자비를 내려 주기 위해 왔거늘."

철컥.

기사단장이 일부러 자신의 판금 갑옷을 마찰시키며 검자루에 손을 올렸다. 동시에 마법사들이 손가락을 따각 거리며 희미한 연기를 피워 냈다.

"이대로라면 조국의 국민들과, 연합의 모든 이들에게 얼굴을 들 수 없게 됩니다."

"어차피 그쪽 사람들도 당신네 연구에 대해 모르지 않소? 애초에 호민관이 잃을 것은 없어 보이는구려. 차라리 동네방네 떠들고 왔다면 모를까."

자리에서 일어나려던 자칼롯은 다리에 힘이 빠지는 것을 느끼고 풀썩 의자에 쓰러지듯 몸을 기댔다.

"명예를 원한다면 들어줄 수도 있소. 이 천막 안에 있는 수행원들의 입. 막아 드릴 수도……."

순간 북부 측 인사들의 얼굴이 파랗게 질렸다.

이미 분위기에서 완전히 압도당한 그들은 제국 측 무장들과 요원들에게서 짙은 살기를 보았다.

연합 인사들 사이에 섞여 있는 검은 하현달 요원들만이 위험에 대비해 조용히 뒷짐을 푼다.

"아뇨, 아뇨. 그건 아닙니다. 다만……."

"4대 1. 교역 조건이오. 곧 양국 경제부처 고위급이 협정서를 나누게 될 것이오. 더 할 말 있소?"

자칼롯의 얼굴은 푸르게 변했다가 다시 하얗게 질렸다가를 반복했다.

깊은 고민과 막막함에 사로잡혀 스스로도 뭘 해야 할지 갈피를 못 잡겠다는 모습.

그러나 보리스는 그의 눈동자가 쉴 새 없이 돌아가는 것을 진작 알았다.

자칼롯은 겉으로는 당황하는 척하지만, 속으로는 회심의 미소를 짓고 있다.

어차피 화약을 폐기하고, 또 연구 성과와 과학자들을 제국에 넘겨줄 생각이었을 것이다. 그렇게 하지 않고서는 살아남을 수 없는 것을 자칼롯은 잘 안다.

그 대가를 얼마나 많이 얻어 낼지가 관건이었을 것.

보리스는 4대 1이라는 파격적인 조건을 걸어 그의 체면을 세워 주었다. 이것으로 되었다.

그도 참혹한 전쟁을 원하지는 않았다.

"……어쩔 수 없군요. 마르테의 말씀 전부 수용하겠습니다."

연합 인사들이 술렁거렸다.

"저는 조국을 위해 남겠습니다. 그리고 저희 측 참석자들의 입은 제가 관리하지요."

"그러시구려."

결코 화기애애한 분위기는 아니었지만 일단 당면한 문제 하나를 해결했다는 안도감이 이곳에 감돌았다.

각자 다른 꿍꿍이가 있겠지만 이때만큼은 그저 미소로서 서로에게 신뢰를 주기 위해 애써야 한다.

기사와 마법사가 뒤로 물러나고 보리스와 자칼롯은 둘만이 탁자에 남아 따뜻한 차를 나누었다.

"역시 마르테의 눈을 가릴 순 없었습니다. 전 정말로 애송이였군요."

"언젠가 그대는 분명 연합을 이끌 높은 자리에 오를 것이오. 능력이 뒷받침된 남자의 야망은 그것을 가능케 해 준다오."

"칭찬이라면 고맙게 받아들이겠습니다."

자칼롯의 말을 흘려듣던 보리스는 또 기괴한 사내와 눈이 마주쳤다.

오싹 소름이 끼치는 것을 자칼롯도 알았는지 뒤쪽을 슬쩍 바라본다.

"궁금한 게 있소."

"성심껏 답해 드리겠습니다."

"유구한 역사를 가졌다 하지만 젝스나이츠는 제국에 비해 소국이오."

"맞습니다."

"자연과학을 포함해 모든 학문이 제국을 통해 전수되었소. 그대들 스스로 이룩한 것보다 훨씬 우월한."

"부인하지 않겠습니다."

"한데……."

보리스의 눈이 가늘어졌다.

"이해할 수 없는 과학의 발전. 그것도 불과 몇 십 년 사이에. 자원도 부족하고, 인재도 부족한 그대들 나라에서 제국을 아래로 볼 정도의 빛나는 성과가 나타났단 말이오."

"……."

"내 궁금증을 풀어 주실 수 있으려오?"

"천재는 어느 시대, 어느 장소에나 나타날 수 있는 법입니다. 마르테의 그 말씀들은 제 조국을 너무 하찮게 생각하는 게 아니겠습니까."

"어차피 다 아는 사실이니 말하겠소만 북부의 모든 곳에 우리의 눈이 존재하고 있소."

'아닐걸?'

자칼롯은 속으로 보리스를 비웃었다.

"한데 이번 건과 같은 분야에 대해서 우리는 오랜 시간 동안 아무 낌새도 모르고 있었소. 십여 년 전에 그대들의 작은 실수를 통해 놀라운 과학적 발전을 알게 된 정도요. 어떻게 가능했소? 대체 무슨 수단으로?"

"거기까지 말씀드리긴 곤란합니다. 국가 기밀을 다루는 분이시니 잘 아실 텐데요."

후루룩.

식어 버린 차를 단번에 들이키는 보리스.

"내 짐작을 말해 보리까?"

"에?"

자칼롯은 순간 강한 불안감을 느꼈다.

"아득한 옛 전설에 등장해 인간을 위해 드래곤과 싸웠다는, 수천, 수만 년 전부터 인간을 지켜보았다는 존재들."

끼릭.

어디선가 쇠가 긁히는 소리가 났다.

"그저 상상의 산물이라 모두가 여기지만, 어쩌면 실재할지도 모르는, 누구도 가 보지 못한 미지의 신세계. 그래서 더욱 과장되고 확대 해석 되어 온 전설. 수많은 모험가들의 심장을 달구었던 그곳."

꿀꺽.

자칼롯이 침을 삼켰다.

진심으로 당황하고 있음이다.

"영원히 끓고 있다는 용암의 바다. 배의 쇠못을 뽑아내 건너려는 선박들을 침몰시키는 이상한 기운이 가득하고, 검은 물결 아래에 각종 괴수들이 들끓기에 하늘을 날지 않는 한 절대 닿을 수 없다는 세상의 끝."

"……마르테께서 아이들의 동화에 관심이 있는 줄 몰랐습니다……."

"오는 길에 지루해서 책 몇 권을 보았다오."

보리스가 마차 안에서 읽고 있던 서적들이 그것이었나.

"젝스나이츠는 대륙의 북쪽 끝. 다시 말해 전설에 가장 가까이 있는 나라."

턱.

보리스가 들고 있던 찻잔을 소리 나게 탁자에 놓았다.

"그대들과 우리의 조상들은 말이외다. 용암 바다 너머의 세계를 무척이나 금기시했소. 우리가 모르는 뭔가를 보거나 겪었기 때문일 것이오. 긴 세월을 통해 내려온 금기에는 다 이유가 있소. 그것이 무엇을 뜻하건 간에."

자칼롯의 손끝이 미세하게 떨렸다.

그는 무언가를 두려워하고 있음이 분명했다. 그리고 그것은 보리스의 짐작을 확신에 가깝게 만들어 주었다.

"그들과 무슨 거래를 했나, 자칼롯."

보리스가 완전한 하대로 돌아서며 차갑게 물었다.

"정말 존재하긴 하는 건가? 그렇다면 어떻게 용암 바다를 건넜지? 전설에는 그들을 '죽지 않는 자들'이라 일컬었더군. 그만큼 신비롭고 지극히 발전된 삶을 사는 자들이겠지. 그들로부터 놀라운 과학을 선물 받은 건가? 그것으로 제국을 위협하기 위해?"

"마, 마르테께서 무슨 말씀을 하시는지 도무지 모르겠습니다."

자칼롯의 떨림은 이제 눈에 확연히 보일 정도로 격하게 변했다.

냉정함이라면 보리스에 맞먹을 정도인 자칼롯의 행동은 누가 보기에도 이상했다.

"다른 부분은 내 넘어갈 수 있다. 하지만 용납할 수 없는 행위에 대해서는 분명 너도, 너희 나라도 책임을 져야 할 터. 다음에 볼 때는 또 다른 변명거리를 준비해야 할 게야."

보리스는 결코 녹록한 위인이 아니었다.

자칼롯과 자유무역연합을 입 벙긋 못하게 만들 결정적인 한 수를 준비해 왔던 것.

이것으로 그들을 영원히 제국의 속국으로 묶어 둘 찬스

를 잡았다.

"왜 표정이 그런가."

자칼롯의 얼굴은 그저 당했다는 표정이 아니었다.

공포.

보다 원초적인 두려움이 그를 옭아매고 있다.

"자칼롯?"

그것을 이상히 여긴 보리스가 다시 물었다.

천막 내부의 분위기가 싸늘해졌다.

숨소리마저 들리지 않을 정도로 식어 버린 공간.

"다, 당신……."

자칼롯이 간신히 입을 열었다.

"왜…… 거기까지……."

끼리릭.

철컥.

쇳소리는 자칼롯의 뒤에서 나왔다.

"……인간들이란."

보리스의 눈동자가 묘하게 신경을 긁는 음성의 주인을 향했다.

창백한, 그리고 소름끼치는 얼굴의 주인공에게.

그리고 보리스는 자신을 향해 내뻗은 가느다란 그의 검지 끝이 조금씩 갈라지는 광경을 보았다.

　　　　　　　＊　　＊　　＊

"아으으윽!"

신나게 말을 달리던 데일의 입에서 고통에 찬 비명이 터졌다.

고삐를 잡았던 두 손이 머리를 감싸 쥠과 동시에 낙마해 버린다.

쉭!

누군가 빠른 속도로 날아가 땅에 떨어지려는 데일을 받았다. 자오링이었다.

삐익—!

교관이 급히 호루라기를 불어 뜻밖의 사고를 알렸다.

각자 말에 올라 있던 아이들이 말에서 내려 데일에게 뛰어왔다.

누구보다 놀란 모습을 보이는 이는 키릭이었다.

"너!"

자오링이 데일을 안고 있는 것을 본 키릭은 데일이 아파하는 원인을 자오링이라 판단했고, 강력한 공격을 하려고 한다.

"멍청아! 쟤가 데일이 다칠 뻔했던 걸 막아 줬잖아."

루산이 차분히 말하자 키릭도 곧 상황을 판단하고 부들거리는 주먹을 거두었다.

"아아아, 아악!"

데일의 비명이 계속되었다.

대체 왜.

리디아가 다가가 두 손으로 데일의 손을 잡았다.

그녀에게서 보랏빛 안개가 스멀스멀 흘러나와 데일의 몸으로 들어갔다. 치유를 시도하고 있는 것이다.

"흐윽, 끄으윽."

데일이 눈을 허옇게 뒤집어 뜨고 게거품을 물었다.

그러나 곧 리디아의 치유가 효험이 있었는지 조금씩 진정되어 갔다. 여전히 숨을 헐떡였지만.

"어떻게 된 건가."

교관이 다가와 물었다. 분명 심각하게 여겨야 할 사태였지만 그의 태도는 당황과는 거리가 멀었다.

"하아, 하아……."

리디아의 이마에 땀방울이 솟았다.

뭔가 이상하다는 듯 얼굴을 찌푸리는 리디아의 모습도 평소와 너무도 달랐다.

"시작되었어."

데일이 중얼거렸다. 거친 숨결 사이로.

"뭐가!"

키릭이 소리쳤다.

데일이 저런 상태일 때 무언가를 본다는 사실을 그는 안다.

"5000년 전의 약속이, 더 먼 과거에 맺었던 협약이 깨졌어……."

자오링이 다른 아이들을 돌아보며 데일의 말을 이해하냐고 물었다.

그러나 누구도 그에 답하지 못한다.

"너인가? 예언에 간섭하는 자가. 크크, 크크크크."

"데일이 이상해. 왜 저래?"

자오링이 루산의 팔을 잡고 흔들며 다시 물었다.

"너희들, 듣고 있나. 그들의 웃음소리. 더욱 빨라진 별의 이동을 보며 기뻐하는 제렌 디스."

"누구? 우리?"

루산이 '데일'에게 물었다. 아니, 데일에게 숨어 있는 무언가를 향해서.

"……안 돼요. 나의 소중한 마르테…… 흑."

이번에는 눈물을 쏟으며 슬퍼하는 데일.

도대체 말하고자 하는 바를 알 수 없다.

방금 전까지 말들이 달리던 잔디 위에 슬퍼하는 아이의 눈물과 갑자기 터져 나오는 그의 웃음소리만이 유령처럼 서성거린다.

5장
합숙소를 떠나다

RAJARIN

어느 날부터 제국 내에 흉흉한 소문이 돌았다.

북쪽 국경에서 제국군과 자유무역연합군 사이에 국지전이 벌어졌고, 수많은 병사들이 죽었다는.

정확한 내용에 대한 발표는 없었지만, 전사자들의 유족에게 통지서가 도착했다는 사실이 알려지자 소문은 진실임이었음이 밝혀졌다.

조약 이후 단 한 차례도 일어나지 않았던 일이었다.

남쪽은 그렇다 치고 평화롭던 북쪽에서 전투가 벌어졌다.

사실을 접한 제국민들은 모두 불안에 떨며 길었던 평화의 시기가 끝나는 것이 아니냐는 두려움에 맥이 빠져 버렸다.

그러나 정부는 여전히 침묵하고만 있었다.

제국 내 모든 학교들의 방학이 끝났다.

이것은 다섯 아이들의 합숙소 생활이 끝났음을 의미했다.

이제 오늘만 지나면 아이들은 수도 중심부에 위치한 국립대학교에 정식 학생으로 들어갈 것이다.

"이제 드디어 끝이구나."

교실 가운데 옹기종기 모여 앉은 아이들 사이에서 루산이 먼저 입을 열었다.

"기분이 별로인 듯하네?"

리디아가 루산의 표정을 살핀 뒤 물었다.

"여기에 적응했으니까. 언제부턴가 조용한 분위기가 맘이 들었거든. 대학교엔 수만 명이 우글댄다지? 사람들 사이에서 부대끼는 거는 원래 싫어했고."

루산은 말을 계속하며 데일을 곁눈질했다.

얼마 전, 말에서 떨어져 헛소리를 지껄이고 난 후부터 데일의 태도가 영 이상했다.

말이 없어지고, 가끔 태양을 바라보며 원망스러운 표정을 짓기도 했다.

좋아하는 실내 수업에 임해서도 교수들과 대화하는 시간이 줄고, 실외 수업에서도 열심히 하고자 하는 모습이 사라졌다.

키릭은 참견하려는 루산에게 데일을 내버려 두라며 접근을 못하게 했고, 자오링의 경우는 특히 더 심했다.

지금도 데일은 말없이 앞쪽을 응시하고 있을 뿐이었다.

그런 데일의 갑작스러운 변화. 그날 보여 주었던 모습에서 느꼈던 오싹함.

모든 것이 이상하게만 흘러간다.

"다들 분위기가 왜 이리 뒤숭숭하지?"

앞문을 열고 밸류가 들어오며 툭 말을 던졌다.

"질문 같은 건 하지 마라. 내일 마차가 도착하면 그냥 거기 타면 돼."

"그동안 돌봐 주셔서 감사드립니다."

리디아가 아이들을 대표해 진심 어린 감사를 전한다.

"그 마음이 진짜라면 열심히 공부해서 세상에 도움이 되는 사람이 되어라."

"물론이죠."

오늘따라 왠지 모르게 밸류의 말투도 부드러워진 것 같다.

밸류가 아이들을 쓱 둘러보다 시선을 데일에게서 멈추었다.

"잉그하임."

"……예."

데일은 눈을 내리깔고 건성으로 답했다.

"그쯤에서 분위기 잡는 거 끝내. 이제 와서 대학교 가는 게 걱정이라도 되나?"

"아뇨."

"흠……."

밸류의 눈이 이번에는 키릭에게 닿았다.

"넌 나한테 따로 할 말이 있는 듯하구나."

"오후에 뵙죠."

"그러지."

"저는요!"

루산이 벌떡 일어나며 밸류에게 소리쳤다.

"제발, 넌 좀……."

"자꾸 그러시면 나중에 후회하십니다. 아시다시피 저도 데일이랑 함께 서기관 양성학부로 가게 되었거든요? 졸업하면 교육부 쪽으로 지원할 건데 그때 가서 저 붙잡고 잘 봐 달라고 애원하지나 마세요."

"졸업이나 무사히 해라."

말은 이렇게 하지만 둘 다 기분 나쁜 얼굴은 아니다.

"자오링이랑 키릭은 지금 나눠 주는 서약서 잘 읽고 서명한 다음에 제출해라."

"내용이 뭐죠?"

자오링이 물었다.

"루산의 경우 국내 거주 기간이 길어 자동적으로 영주권을 얻었지만 너흰 다르지."

더 이상 말하지 않아도 무슨 뜻인지 파악한 자오링이 고개를 끄덕였다.

"그럼 난 간다. 수료식은 따로 없을 거야. 오늘 이 시간부터 내일 오전까지 하고 싶은 것 맘껏 하면서 떠날 준비를 하도록."

끼이익.

쿵.

교실의 문이 닫혔다.

그것을 바라보는 데일의 얼굴이 유난히도 어두웠다. 무슨 생각을 하고 있는 것일까.

"리디아, 나랑 말 좀 하자."

"응? 어."

방으로 돌아가려는 리디아를 루산이 불렀다.

"왜, 고백이라도 하게?"

서약서를 대충 읽고 서명 후 자리에 두고 나온 자오링이 말했다.

그녀 또한 키릭과 말을 섞고 싶은 생각은 전혀 없었기 때문이다.

"……넌 빠져 줄래?"

키릭보다는 덜하지만 루산도 자오링에게 차가운 태도를

보이긴 마찬가지다.

"재미없네. 리디아, 이따가 얘가 뭐라 했는지 말해 줘. 한껏 비웃어 주게."

자오링은 손을 흔들며 자신의 방으로 가 버렸다.

"여기선 그렇고 나가서 얘기하자."

"응."

'얘가 진짜 고백하려고 이러나.'

보통 때와는 조금 다른 루산의 분위기를 느낀 리디아가 속으로 생각했다.

"무슨…… 말을 하려고?"

정원에 나온 뒤에도 한참이나 말을 하지 않고 리디아를 뒤에 세워 두던 루산.

답답한 마음에 리디아가 먼저 입을 열었다.

"리디아."

"어? 어어."

루산의 음성은 낮았다.

"넌 바보가 아니야. 그렇지?"

"갑자기 그런 말을……."

"우리 모두가 그래. 아니, 데일은 일단 열외로 두자. 자오링, 쟤도 말은 안 하지만 뭔가 짜증나는 상황을 겪었음이 틀림없어. 키릭도, 나도, 너도 이러고 있는 것처럼 말이지."

"……."

"왜 아무런 의문을 표하지 않지?"

당황스러워하던 리디아의 표정이 굳었다.

"넌 처음부터 알고 있었던 거야? 아니면 정말 바보라서 이해를 못했던 건가?"

"말이 심하네."

휙.

루산이 몸을 돌려 리디아의 눈을 쏘아보았다.

"나 만나기 전까지 무슨 일이 있었는지 묻지 않겠어. 그 여자 퀸. 제국군 장교 마리안이라는 신분을 가진 너의 보호자. 그녀에 대해 진작 읽었을 텐데도 넌 입을 다물었으니까. 네 능력이라면 가능했겠지. 하지만 넌 끝까지 순진한 얼굴로 모른 척했잖아. 안 그래?"

"루산……."

"나도 얼마 전까지는 네 아름다운 미소에 넋이 나가 거기까진 생각 못했었어. 아, 바보는 나였던 건가?"

"맞아. 우리 모두가 바보야."

리디아가 표정을 풀고 루산을 향해 환한 웃음을 보냈다.

"쳇, 그런데도 넌 아무렇지도 않게 지냈던 건가? 나랑 키릭이 전전긍긍하는 걸 보며 얼마나 비웃었을까."

루산은 맥이 탁 풀렸다. 차라리 리디아가 끝까지 모르는 척했다면…….

"루산, 진실이란 건 없어."

"뭔 말이야 그건."

"앞으로 어떻게 해 나갈지에 따라 다른 미래가 언젠가는 진실이 될 수도 있다는 뜻이야."

이제야 루산은 리디아가 자신보다 더 많은 것들을 알고 있다는 것을 깨달았다.

"난 여전히 내가 가야 할 길을 걷고 있다고 믿어. 내게 주어진 소중한 능력을 발전시켜 남부의 병사들에게 평화를 심어 줘야 한다는 것도. 고통과 불행의 시대를 종식시키는 것이 내 의무라는 거, 난 확신해."

"무언가…… 더 큰 것을 보았단 말이야?"

순간 리디아가 루산의 손을 잡았다.

따뜻하고 부드러운 그녀의 손길에 루산이 흠칫한다.

"처음 이곳에 온 날, 우리가 한 자리에서 만났을 때, 기억하지? 너와 키릭이 싸우려 했고, 데일이 신비한 힘으로 너흴 떨어뜨렸지."

"으, 응."

"바로 그전에 데일과 키릭을 보았을 때, 어떤 기이한 느낌이 있었어. 넌 안 그랬니?"

"……있었어."

"너와 내가 만났던 날에도 그랬어. 링이 우리에게 온 그때도. 이런 감정의 공유는 우리 모두에게 동일하게 다가왔을 거야."

"사실이다."

"데일이 힘을 다해 쓰러지고 내가 그를 치유하면서 뭘 본 줄 알아? 하늘 높이 더, 더, 더, 먼 곳에서 찬란하게 이글거리는 광휘. 그 속에 어떤 거대한 존재가 있었어. 그것이 무엇이었는지, 무어라 불리는지 기억나진 않지만 난 속으로 눈물을 흘렸어. 그리움? 원망? 반가움? 뭐라 특정할 수 없는 감정이 날 그렇게 만든 거야. 넌, 아직 아닌 것 같구나."

"……."

"우릴 이끄는 초월적 존재가 있어. 우린 그 존재가 놓은 다리를 건너고 있고. 어쩌면 데일이 전에 말했던 고대의 예언과 관련된 것일 수도 있지. 하지만 그것이 무엇이든 그 끝에는 내가 느꼈던 빛이 있을 거야. 아마도 우리가 거기에 이른다면 그것이 진실이 되겠지. 아직은 없는 진실……."

"너, 왠지 슬퍼 보인다."

루산은 리디아의 말을 절반 정도만 이해했다.

그 자신은 그녀의 말대로 그러한 존재를 느껴 본 적이 없었기 때문이다.

"리디아. 한 가지 물어보자."

"어."

"난 말이야. 네가 데일을 통해 다른 뭔가를 또 보았다고 생각해. 조금 전 말했던 광휘 말고."

순간 루산은 자신의 손을 잡고 있는 리디아의 손에 힘이 들어가는 것을 느꼈다.

"네 표정이 그걸 말해 주지. 환상이든 뭐든 그걸 함께 바라볼 수 있는 너의 능력. 그때 넌 데일에게서 뭔가를 봤고, 지극히 어둡고 두려운 표정을 지었어. 난 그게 뭔지 알아야겠어."

"빛의 대변자에서 어둠의 상징으로 변한 대지의 주인."

리디아의 음성이 떨린다.

"그 뒤에서 천지를 불태우는 붉은 화염. 날개를 단 아홉 요정. 별들을 바라보며 숭고한 신념을 외치는 네 마리의 늑대. 끓어오르는 바다 위로 우뚝 솟은 검……. 그리고 천억 개의 빛 무리가 세상을 갈라 놓는 광경. 그건 조각난 단편들처럼 나의 머릿속을 스쳤던 데일의 환상이었어."

"진실도, 그걸 위한 열쇠도 모두 데일이 쥐고 있다는 거로군."

"그럴지도."

"하아."

루산이 한숨을 쉬며 리디아의 손을 떼어 내고 그녀의 어깨를 어루만졌다.

"복잡한 건 싫지만 어쩌겠냐. 데일 저 녀석은 뭐가 어떻게 돌아가는지도 모르는데."

"과연……."

루산은 지금 미묘한 리디아의 어감을 알아채지 못했다.

자신에게 말하지 않은 다른 것이 있다는 부분도.

*　　*　　*

"왔나?"

턱.

밸류의 방에 키릭이 두 장의 서약서를 들고 들어와 그것
을 책상에 놓았다.

서약서를 집어 든 밸류는 잠시 후 입을 열었다.

"축하한다. 이것으로 자랑스러운 진짜 제국의 신민이 되
었구나."

"……."

"앉아. 할·말이 있다면서?"

키릭이 그 큰 몸을 밸류의 앞에 있는 의자에 올리자 이음
새에서 삐걱거리는 소리가 비명처럼 울린다.

"뭔데."

"이제 다 털어놓으시죠."

밸류가 씨익 웃었다.

"뭘."

"지저분한 이 음모에 대해서."

"호, 먹여 주고, 재워 주고, 가르치고, 남들은 가고 싶어도 못 가는 대학교에 갈 자격을 갖추게 해 주었더니 음모라?"

"소를 정성껏 키우는 이유도 잡아먹기 위함이 아닙니까."

"데일과 어울리더니 표현력이 늘었군. 좋은 현상이야."

"하지만 인내는 배우지 못했죠."

키릭이 주먹을 꽉 쥐며 밸류를 노려보았다.

"비숍이 그런 것도 안 말해 주던가? 여기선 참아야 오래 산다는 거."

밸류의 입에서 비숍의 이름이 나오자 키릭의 몸이 살짝 흔들렸다.

"따지고 보면 넌 처음부터 특별 대우를 받았어. 네 사부를 봐서 최대한 편의를 봐줬다고나 할까? 그냥 멀리서 지켜보고 보호해 주는 정도에서 벗어나 원한다면 많은 것들을 알 수 있도록 해 줬지."

"……."

"중간에 재수 없는 일들만 일어나지 않았다면 보우먼, 자오, 힐겐과 마찬가지로 너도 사부의 명령에 따라 아무런 의문 없이 학교 생활을 마쳤을 거야."

"무시하지 마시죠. 모두가 그냥 멍청하기만 한 건 아니니까."

"알아. 너희들 각자 생각하는 게 있을 테니. 서로 모르는 척하는 게 편할 때도 있는 법이지. 나중에 기회가 되면 너흴 찾아가 고맙다는 말이라도 전해 줄까?"

"알고 싶은 건……."

"우리의 목적. 왜 초능력을 가진 인재들을 불러 모았냐는, 수많은 이들의 목숨을 버리면서까지."

"맞습니다."

"미안하지만 그걸 답해 줄 권한은 내게 없다."

키릭이 피식 웃었다.

예상했던 그대로의 답변을 들었기 때문이다.

"참고로 전 폭력을 사랑합니다. 타인의 아픔 따위는 관심 밖이죠. 오래된 정 같은 것도 사치일 뿐."

"네가 날 죽인다 해도 어쩔 수 없어. 아닌 건 아닌 거니까. 기왕 할 거면 덜 아프게 단번에 돌려."

밸류가 목을 쭉 내밀며 키릭에게 비틀어 버리라는 시늉을 한다.

키릭은 그에게서 고집이 아닌 확실한 사명을 읽었다.

진정으로 죽음 따위를 겁내지 않을 만큼 단단하게 덩어리진.

"이봐이봐, 키릭. 넌 못해. 내 말해 줄까? 우리가 너희를 보호하고 있었음을 잘 알기 때문이야. 즉, 우린 네 적이 아니란 거지. 게다가 데일…… 겉으로 봐서는 아무것도 모르는 듯 보이는 순진무구한 작은 친구 때문이라도 넌 함부로 행동할 수 없어. 네 사부 다음으로, 어쩌면 네게 가장 소중한 존재가 된 데일에게 어떠한 피해도 주고 싶지 않다는 마음이 앞설 거야."

"……한 방 먹었군."

키릭이 툭 반말을 뱉었다. 본래의 성격이 이제 드러나는 것.

"어디까지 말해 줄 수 있나."

"글쎄다. 물어봐."

"우릴 보호한 이유는?"

"그건 너무 포괄적이고."

"누가 노리지?"

"남부. 정확하게는 제렌 디스."

"왜?"

"그건 솔직히 우리도 의문이다."

"아이들 다섯에게 어떤 가치가 있기에."

"지금은 모르는 편이 좋아."

"대학교에 가면 달라지는 것이 있나?"

"윗선에서 알아서 하겠지."

키릭이 간단하게 묻고 밸류가 짧게 답한다. 키릭에게는 전혀 소득 없는 대화였다.

"어때, 나에게서 알아낼 만한 것들이 없다는 거, 알겠지? 그럼 돌아가."

키릭이 천천히 일어났다. 여전히 꽉 쥔 주먹을 풀지 않은 채.

터벅터벅.

조용한 방 안에 돌아 나가는 키릭의 발소리만 퍼졌다.

그때 문고리를 잡아 가던 키릭의 손이 멈췄다.

"……."

"안 나가나?"

"우리 다섯은…… 드래곤의 후손인가."

"뭣!"

"물었다. 우리가 괴물의 자손이냐고."

밸류가 벌떡 일어나 몸을 격하게 떨었다.

"무, 무슨 그런 소리를."

"틀림없는 모양이군."

끼이익.

키릭이 문을 열었다.

밸류는 왠지 키릭이 이대로 나가서는 안 될 것만 같은 생각이 들었다.

"이봐, 잠깐!"

밸류가 뛰쳐나올 듯 허둥거리며 몇 발짝을 걸었다.

"어디서 그런 이상한 말을 들었는지는 몰라도……."

"너, 드래곤을 본 적이 있나."

차가운 공기가 더욱 차갑게 식었다.

키릭의 음성이 심연에서 울려 나오는 듯 낮게, 더욱 낮게 가라앉았기 때문이었다.

"그저 인간의 상상이 만들어 낸 전설일 뿐."

"아니, 네 마음과 달리 말하지 마."

느릿하게 밸류를 돌아보는 키릭의 얼굴.

순간 밸류는 아득한 옛날 수백만 암흑 군대를 박살내던 푸른 전설을 거기에서 보았다.

"놈은 컸어. 여러 마리 기린과 코끼리를 합쳐 놓은 것보다 훨씬. 앞다리를 활짝 펼치면 박쥐와 같은 날개가 세상을 덮을 듯 웅장하게 펄럭였고, 철검도 뚫을 수 없는 단단한 비늘이 온몸을 덮고 있었지."

키릭은 창백해져 가는 밸류의 얼굴을 즐기듯 바라본다.

"검고 붉게 번뜩이는 눈에서는 피보다 진한 살기가 흘렀고, 긴 모가지 끝에 기사의 검보다 날카로운 뿔들이 잔뜩 돋아 앞선 모두를 위협했다. 놈이 내뿜는 숨결은 쇳덩어리를 부식시킬 만큼 지독하며, 놈의 괴성은 건물을 무너뜨렸지. 놈의 끔찍한 이빨에 데일의 보호자, 폰이 씹혀 가루가 되었다. 비숍의 죽음도 간접적으로는 드래곤의 책임이고."

털썩.

밸류가 의자에 주저앉았다.

"그래, 드래곤 블레이즈. 폰이 그러더군, 지옥의 화염이라고. 이 땅, 인간의 땅을 멸망시킬 수 있는, 상상의 한계를 넘어선 불지옥. 하르실라는 그렇게 타올랐다."

밸류는 하르실라의 화재 사고가 드래곤의 공격이라 말하는 키릭을 믿을 수 없었다.

아니, 믿기 싫었다.

조직에서는 지금까지 하르실라의 일이 녹터널 헌터들의 짓이라 여겨 왔었다.

당시 하르실라 주변에는 스타비챠들이 없었다.

그들은 폰과 비숍의 명령으로 헌터들의 시선을 교란시키기 위해 더 멀리 떨어진 곳에서 작전을 수행했다.

이후 도시가 불타오르고, 급히 모인 그들은 적들과 교전을 벌였다.

만약 로슈르의 사냥개들이 하르실라에 급파되지 않았다면 진짜 무슨 일이 있었는지 정확히 알아냈을지도 모른다. 폰과 비숍을 죽게 만든 괴물의 존재에 대해서도.

드래곤…… 드래곤이라.

"드래곤이 왜 파괴를 자행했는지 말해 줄까?"

"……."

"우리를, 정확히는 나를 공격한 거야. 상당히 흥미로운 말들을 하고서."

"말을 했다고?"

"그래. 처음엔 인간의 모습으로 나타났으니까. 스스로를 '헤테르프' 라고 칭했다. 북부어로 '타락' 이라는 뜻."

밸류가 그 이름을 머릿속에 새기듯 몇 번 중얼거렸다.

"처음에는 그저 살기 위해, 어떻게든 놈을 죽이기 위해 싸우느라 놈이 했던 말들을 흘려 넘겼다. 하지만 그 후, 난 생각하고 또 생각했지. 지금까지 나와 데일에게 일어났던 일들. 제렌 디스, 롱 버트라는 미친 녀석. 드래곤이 내게 품은 원한. 그와 반대로 데일에게는 무척이나 공경하는 자세를 보였던 이유. 놈이 지껄였던 말, 말, 말. 그리고……."

키릭이 말끝을 흐렸다.

"데일이 루산과 내게 보여 주었던 환상."

데일이 갑자기 양호실에서 사라졌다가 눈 깜짝할 사이에 나타났던 그날 밤.

키릭과 루산은 각자만의 환상을 보았었다.

거칠어진 밸류의 숨소리를 들으며 키릭이 다시 몸을 돌렸다.

"그동안 데일에게서 들었던 옛 전설과 예언. 이 모든 것들이 나의, 우리의 존재에 대해 설명해 주더군."

밸류는 더 이상 긍정도 부정도 하지 않는다.

"내가 이제 와서 왜 그동안 다물었던 입을 여는지 알아? 너희가 뭘 꾸미든 결코 쉽지 않을 것이기 때문이다. 너무나도 안일해. 너희 자신들조차 무엇을 해야 할지에 대해 명확한 방향도 없고. 난 그것을 깨달았다. 내 눈에도 그렇게 보일 정도인데 상대들은 어떨까?"

"그, 그건……."

키릭의 말은 지금 그들 조직의 문제를 정확히 짚어 내는 것이었다.

커맨더 모로는 죽기 전에 이런 말을 남겼다.

한없이 길었던 시간은 모두를 지치게 만들었다고. 대를 이어 지켜 온 자신들의 사명 또한.

모로 자신과 스타비챠들의 죽음을 통해 조직에게 경고를 보낸다는 자조적인 말.

만약 모로의 유언과도 같은 그 말이 조직에 전해졌다고 하더라도 모두들 인정하지 않았을 것이다. 그만큼 5000년 동안 이어졌던 사명감이 희미해졌다고나 할까.

"원하는 대로 대학교에 가 주지. 거기서는 또 어떤 멍청이들이 기다리고 있을지 기대가 되는군."

쿵.

하얗게 질린 밸류는 삽시간에 몰려온 지독한 갈증에 숨이 막히는 것을 느낀다.

＊　　＊　　＊

같은 시각, 키릭의 방.

거기엔 방의 주인 키릭이 아닌 데일이 있었다.

커다란 키릭의 침상 위에 놓인 마검 세이비어.

데일은 표정을 지운 채 의자에 앉아 그것을 쓰다듬고 있다.

손가락 끝에 차가운 클레이모어의 매끈함이 그대로 전해졌다.

이 나라 최고의 대장장이가 와서 본다 해도 도저히 제작 방식을 알아낼 수 없을 만큼 기이한 무늬가 가득한 검면을 따라 오목하게 들어간 글자.

"제이비오르."

데일의 입에서 생소한 단어가 흘러나왔다.

"구원자가 아닌 원죄."

세이비어와 글자는 같고 발음이 다른, 옛 볼란어 제이비오르.

구원자라는 북부어 뜻과는 다르게 원죄라는, 지극히도 불경스러운 의미의 단어.

데일은 왜 키릭의 애검을 매만지며 주인 없는 방에 홀로 있는 것인가. 그것도 불길함 가득한, 마검의 또 다른 이름을 부르면서.

"무엇을 위해, 무엇을 기다리며 자신을 가두었을까. 당신은……."

누구에게 하는 말일까. 설마 검에게?

"무슨 말이 하고 싶었기에 날 불렀을까. 당신의 주인은 키릭인데."

데일은 진짜로 세이비어에게 말을 거는 것이었다.

"당신이 거역했던 존재로부터 받은 이름 제이비오르. 그대는 그 존재가 다가옴을 알리고 싶은 걸까?"

세이비어가 낮게 진동했다.

희미하게 웃으며 검면에서 손을 뗀 데일.

잠시 후, 복도에서 저벅거리는 소리가 들리더니 방문이 열렸다.

"데일."

키릭은 데일이 자신의 방에 있는 것을 보고 잠시 놀란 표정을 지었다.

그리고 침상에 있는 세이비어와 그 앞에 앉아 자신을 향해 다정한 눈길을 던지는 데일을 번갈아 보았다.

"얘기는 잘하고 왔어?"

"의외로구나. 네가 세이비어에 흥미를 보이다니. 병기를 싫어하는 줄 아는데."

"날 지켜준 고마운 친구인걸."

키릭의 눈이 가늘어졌다.

혹시 데일이 예전 일들에 대해 알게 되었는가.

"뭔가 하나씩 떠올라. 본 적은 없지만 그랬었다는 느낌?

짙은 피의 냄새 뒤로 흐르는 눈물이라든지, 나와 너의 곁에 섰던 이들의 마음 같은 거. 그 안에는 다가올 미래에 대한 두려움과 또 다른 누군가의 환희도 섞여 있어."

"너……."

"왜 이런 느낌을 받았는지는, 글쎄…… 마치 오래전부터 내게 있던, 하지만 지금은 없는 무언가가 내 속으로 돌아오는 기분이 들어."

키릭은 데일 자신도 모르는, 감추어졌던 능력이 서서히 모습을 보이고 있다는 것을 깨달았다.

지금까지 데일에게 일어났던 기이한 현상들이 바로 그 전초였던가.

그렇다면 혹시, 드래곤 헤테르프에 대해서도 뭔가 알고 있지는 않을까.

그녀와 데일이 나누었을 것으로 짐작되는 정신적 교감을 지금의 데일 스스로가 깨닫는다면 이후에 있을 드래곤과의 싸움에서 보다 유리한 위치를 점할 수도 있을 것이다.

또한 롱 버트로 대변되는 후레자식들의 면상에 세이비어를 꽂아 넣을 기회를 잡게 될 가능성도 커진다.

그들이 자신들을 노렸다는 사실을 데일이 알아챈다면 결코 그냥 두지는 않을 테니까.

어쩌면 자신들을 둘러싼, 세상을 어지럽힐지도 모르는 거대한 운명을 데일이 올바른 길로 돌려놓을 수도 있다. 데일에게는 분명 자신들이 상상하지 못할 정도로 막강한 능력이 잠재되어 있음이 틀림없기에.

키릭은 데일에게 뭔가를 말하려다가 입을 닫았다.

어쨌거나 지금은 데일 홀로 찾아가야 할 때임을 알기 때문이다.

"데일, 네가 그렇게 가고 싶어 하던 대학교가 눈앞에 다가왔다. 네 기분이 들떠서 그런 생각을 하는 거야."

"뭐, 그럴 수도 있지. 하지만 즐겁거나 신난다는 생각은 안 들어."

"간만에 술이라도 한잔할까?"

"윽!"

키릭의 농담에 데일이 징그럽다는 표정을 지으며 손을 저었다.

그렇게 각자의 자유 시간이 지나고, 또 밤이 지나고 아침이 밝았다.

관리인 몰케의 안내를 받아 아이들이 합숙소 입구로 모였다.

갈리우스도, 밸류도 이들을 배웅하러 나오지 않았다.

루산은 참 정 없는 사람들이라며 투덜거렸고, 그 생각은 다른 아이들도 마찬가지인 듯했다.

그러나 키릭은 그들의 그런 행동이 왜 그런지 잘 안다.

"아아, 그동안 참 고생 많았어요."

한 명, 한 명 포옹하며 몰케가 말했다. 무뚝뚝한 키릭조차도 그에게 약한 미소를 보낼 정도로 몰케는 이들에게 헌신적인 사람이었다.

"나중에 훌륭한 인물들이 되어 세상을 위해 그 힘들을 나누시길."

몰케 역시 제국이나 나라를 위해서가 아닌 세상을 위해라는 표현을 썼다.

그 또한 조직의 일원임이 분명했다.

"내가 다른 사람들은 몰라도 몰케 아저씨한테는 꼭 한 턱 쏘죠."

루산이 그의 손을 잡고 위아래로 크게 흔들며 다짐한다.

따그닥, 따그닥.

여러 마리의 말이 끄는 마차가 멀리서 이곳으로 오는 소리가 들렸다.

"이제 헤어질 시간이군요."

데일이 합숙소를 바라보며 말했다.

"몰케 아저씨."

"예, 금발의 잉그하임."

데일은 먼 하늘로 시선을 올렸다. 그리고 멀리서 작은 비둘기 한 마리가 날아와 합숙소 건물로 향하는 것을 본다.

"비가 올 거예요. 아주 큰 비가."

"예? 이렇게 날씨가 화창한데……."

"이번 비는 무척이나 사나워요. 저 푸르른 정원도, 넓은 운동장도, 아름다운 조각들도…… 모두 물에 잠겨요."

마차가 도착했다.

검은 말 네 마리가 푸르릉거리며 김을 뿜었고, 모자를 푹 눌러쓴 마부가 고삐를 잡아당기며 말들을 진정시킨다.

몰케는 과연 데일이 한 말의 뜻을 어떻게 해석했을까.

그의 얼굴이 진지하게 변했다.

"총명한 잉그하임, 걱정 마세요. 전 수십 년 동안 이곳에서 일했답니다. 태풍이 몰아쳐 모든 것이 날아갔어도 제 손으로 다시 멋지게 가꾸어 내곤 했어요. 그대의 마음, 제 가슴 안에 고이 간직하지요."

몰케가 전에 없던 극진한 예법으로 데일에게 감사를 전했다.

"야, 안 타?"

먼저 마차에 오른 자오링이 고개를 삐죽 내밀며 소리친다.

데일이 환한 미소로 몰케에게 답례하며 마차에 올랐다.

그가 지나는 공간에 은은한 황금빛 결정이 생겼다가 증발하듯 없어졌다.

"어이, 덩치. 넌 왜 안 올라오냐?"

"좁아."

키릭이 풀쩍 마차 위로 올라가 각을 잡고 앉았다. 그의 등 뒤로 육중함을 자랑하는 세이비어가 햇빛을 받아 당당하게 빛난다.

퉁! 퉁!

루산이 안에서 벽을 치며 소리쳤다.

"출발해요!"

마부가 힘차게 고삐를 털었다.

따각거리며 마차가 출발한 뒤 점이 되어 사라지는 광경을 끝까지 지켜보는 몰케.

한데 그의 표정이 약간 이상했다. 고개를 갸웃거리며 뭔가에 대해 의문스러워한다.

천천히 철문을 닫으며 돌아서던 몰케는 건물에서 황급히 뛰어나오는 밸류와 갈리우스를 보았다.

그들이 몰케의 앞에 이르렀을 때, 그는 갈리우스의 일그러진 얼굴을 발견한다.

이제껏 단 한 번도 보지 못했던 그런 모습을.

"가, 갔습니까?"

"그렇다네."

갈리우스는 몰케에게 존대를 했다. 조직에서 누가 상위에 있는지 드러나는 순간이다.

"이런, 젠장!"

밸류가 허탈해하며 비틀거린다.

"무슨 일인가. 화이트 잭, 그린 포크. 왜 호들갑이야."

"당했어요."

마차가 사라진 방향을 멍하니 바라보던 그린 포크, 밸류가 힘없이 말했다.

"뭐가."

"저 마차, 대학교에서 보낸 게 아닙니다. 우리 쪽 마차는 시장 근처에서 길이 막혀 늦을 거랍니다."

방금 전, 날아온 비둘기를 통해 받은 연락이 그것이었나.

"그들이에요. 그들이 아이들을 가로챘어요."

"……2황자가 나섰군."

몰케의 눈에서 불길이 일어났다. 그가 얼마나 큰 힘을 감추고 있었는지를 여실히 보여 주는 것.

"당장이라도 쫓아갈까요?"

갈리우스가 몰케에게 명을 내려 달라 재촉했다. 실제로 이곳에서 최고 명령권자가 바로 몰케였기에.

책임을 지겠다는 뜻만 비쳐도 바로 마차를 박살내고 아이들을 데려올 자신은 있었다.

그놈의 책임, 책임, 책임.

그것이 조직을 느슨하게 만들어 버린 원인인 것을 이들은 자각하지 못한다.

"황자 카리옹이 제국의 사냥개들을 이어받았어. 그의 성정은 마르테와는 정반대지. 우리의 존재를 그가 알고 있다고 가정한다면……. 이건 대놓고 우리와 붙어 보겠다는 선전포고와 다름이 없다네. 거기에 휘둘리지 말게."

몰케는 역시 생각이 깊었다.

"서둘러 주인께 알려야 합니다."

"자네들 설마 주인께서 이 일을 모를 거라 생각하나?"

"…….”

"내 지금까지 자네들을 쭉 지켜봤어. 이곳을 드나들던 다른 조직원들도. 모두들 위대한 퍼펙트 그레이에 대한 불평불만으로 가득하더군. 왜 다음 명령을 내려 주시지 않는지, 왜 틀어진 계획에 대한 수정을 지시하지 않는지. 저 분들을 앞으로 어떻게 보필할 것인지. 어떻게, 어떻게, 왜, 왜, 왜."

"하지만 그건."

"짐작하고 있겠지만, 커맨더 모로는 죽었을 거라네."

몰케가 뜬금없이 모로를 언급했다.

"그가 왜 굳이 죽음의 길로 들어섰는지에 대해 고민해 본 적 있는가?"

"아이들에게 시간을 벌어 줄 생각이 아니었겠습니까."

"틀렸어. 그와 같이 강력한 기사가 단순히 그런 목적으로 죽음을 '선택'했을 리는 없네. 조직 내에서 피스들과 맞상대할 수 있었던 몇 안 되는 능력자 중 하나가 모로였다

네. 마음만 먹었다면 어떠한 장애가 있었어도 충분히 생을 도모했을 거야. 하지만 그는 그러지 않았지."

"······."

"바로 우리의 허술함과 나태함, 불신, 관료적 형식주의를 경고한 거라네. 난 그것을 알아. 그는 그런 사람이었으니까."

쉬이이잉—

바람이 몰케의 말에 동의하듯 이들 사이에 감돌다 사라진다.

"우리가 서두르지 않아도 모든 책임은 주인께서 지실 거야. 우린 믿고 따르면 돼. 대륙을 아우르는 그분의 능력을 의심하지 말게나. 수천 년간, 남부 놈들과 수만 번 싸워 단한 차례의 승리도 놓치지 않게 해 주셨던 그분의 능력을."

"죄송합니다, 옐로우 오울드."

갈리우스가 고개를 숙이며 사과했다.

"그리고 우리는 이곳을 떠나야 할 것이네."

"벌써요?"

"황금의 주인께서 일러 주셨지. 우리가 이 도발에 휘말리지 않더라도 2황자는 여길 공격할 거라네. 전 대륙에 걸쳐 대대적인 토벌을 계획하고 있음이 분명해. 화이트 잭, 자네도 그리 말했잖은가. 저들은 이미 우리가 알던 사냥개들이 아니라고. 마르테가 살아 있었을 때 우리와 관련해 상당한 준비를 했을 거라는 정도는 충분히 짐작하고도 남아."

갈리우스도 밸류도 몰케의 말에 긍정을 표했다.

"최대한 흔적들을 지우고 떠날 준비를 하게. 내 직접 주인을 뵈올 테니 너무 걱정만 하지 말고."

"알겠습니다."

츠츠츳.

갈리우스의 몸에서 약한 전류가 방전되는가 싶더니 그의 형체가 순식간에 사라졌다.

밸류도 잠시 후 몰케를 향해 깊이 고개를 숙인 뒤 연기처럼 흩어졌다.

"휴우……."

몰케의 얼굴이 북쪽을 향했다.

"어려워. 너무 어려워."

얽히고 또 얽힌 작금의 상황.

하나가 풀리는 것 같으면 또 하나가 튀어나오는 현실.

제렌 디스의 무력 시위도 골치 아프거늘 오래전부터 이 땅을 주시해 온 북부의 괴물 군단들도 행동을 개시했다.

마르테의 죽음이 그것을 증명하는 것.

자신들조차 사냥개들 사이에 숨어 있던 스타비챠가 죽기 전에 남긴 비표를 찾아내지 못했다면 '죽지 않는 자들'의

개입을 몰랐을 것이었다.

"전능한 자린이시여. 당신께 닿는 길이 너무나 힘드오이다."

몰케의 힘없는 중얼거림을 끝으로 합숙소에 정적이 찾아
온다.

6장
검은 데일

RAJA RJN

99개의 웅장한 건물.

20m에 이르는 높은 철벽.

마치 하나의 산과 같이 층층이 건물들을 올려 세워 그 위 대함에 절로 고개가 숙여지는 황궁의 모습.

트라폴리아 대륙 최강의 국가답게 어마어마한 위용을 과 시하는 이 황궁은 황제와 황후 및 비빈들, 셀 수 없이 많은 근위 무장들과 병사들이 머무르고 있으며, 상주하는 고급 관료들만 해도 500명이 넘어간다. 따라서 그들을 보살피 는 이들의 숫자는 굳이 언급할 필요조차 없을 정도.

휘황찬란한 황궁과 별개로 동서남북 네 곳에 위치한 별 궁의 규모도 만만치는 않았다.

황태자와 다른 세 황자들이 머무는 곳.

서쪽에 있는 '가을 궁전'은 2황자 리아레 카리융 세프라임에게 내려진 별궁이었다.

예전 보리스가 각부 장관급 회의를 소집했던 바로 그곳과 같은 장소.

별궁 중심부에 위치한 넓은 홀 '배틀액스'의 한가운데 그가 앉아 있었다.

역대 황자들 중, 가장 적극적으로 남부의 전장을 누빈 영웅, 카리융이.

톡. 톡.

옥좌의 걸이에 팔을 기대고 관자놀이를 툭툭 치며 깊은 생각에 잠긴 중년의 황자.

그는 지금 몇 주 전의 일을 떠올리는 중이었다.

* * *

탁탁탁탁!

쾅!

거칠게 문을 밀치고 들어온 카리융.

면도를 하던 중이었는지 얼굴에 거품이 잔뜩 묻어 있다.

"사실입니까!"

카리융이 다짜고짜 정면을 향해 외쳤다.

수십 개의 기둥들이 일렬로 늘어선 반대쪽 끝은 어두웠다.

성인 남성 수십 명을 합친 것보다 더 높은 곳에 위치한 천장의 구멍에서 쏟아져 들어오는 빛줄기가 닿은 곳.

카리융의 뒤에서 다급히 따라 들어오는 수호 기사 두 명은 어쩔 줄 몰라 하며 가느다란 빛에 드러난 노인을 향해 무릎을 굽혔다.

"전하⋯⋯ 제발."

기사 하나가 떨리는 음성으로 카리융에게 속삭였다.

"물러가라. 내 아버지시니라."

이 순간만큼은 황제가 아닌 아버지임을 강조하며 기사들을 안심시키는 카리융.

기사들은 미동조차 하지 못하며 황제의 명을 기다린다.

딸랑.

멀리서 방울 소리가 울렸다. 기사들에게 물러가도 좋다는 황제의 뜻.

한숨을 내쉬던 기사들이 문을 닫고 나가자 카리융이 황제가 있는 어둠을 향해 걸었다.

척.

일정한 거리를 두고서 카리융이 섰다.

"제가 들은 비보가 사실입니까? 아버지, 위대한 성군 황제시여."

"……"

"우리 로슈르 제국의 진정한 충신이며, 황제의 벗이자, 저의 스승인 그분께서 그리 가셨다는 게 사실입니까."

감히 계승 서열 4위에 불과한 2황자가—1위는 당연히 황태자. 2위, 3위는 황태자의 두 아들— 절대의 권력자 앞에서 지나친 무례를 범한다.

하지만 그것을 탓해야 할 황제는 말이 없었다.

왜?

친우이면서 유일하게 신뢰를 준 신하, 솔윈 자르 보리스의 죽음 앞에 넋을 잃었던가.

"어찌 침묵하십니까. 아버지시……."

"그만하도록. 황제께선 지금 네 상상 이상으로 슬픔에 빠져 계신다."

황제의 뒤편에서 얼음장 같은 사내의 음성이 나직하게 흘러나왔다.

그것을 들은 카리웅의 이맛살이 구겨진다.

"……형님께서도 계셨군요. 기척이라도 내지 그러셨습니까."

"폐하의 아픔을 함께 나누고 있었다. 지금은 오직 그분을 애도해야 할 때가 아닌가."

따박, 따박.

발소리와 함께 어둠 속에서 누군가의 형체가 서서히 드

러났다.

오른쪽에는 실물처럼 빛나는 검, 왼쪽에는 알 하나하나
마저도 정성스레 재현한 곡식, 가운데는 이글거리는 태양을
양각한 황제의 권좌.

금과 옥으로 화려하게 제작한 권좌에 붉은 일색인 궁정
복을 입은 노인이 있었다.

마다르 욘 세프라임 2세.

태양의 아들이며 만물의 대부이자 대륙의 패권자.

각종 수식어를 동원해 표현해도 모자랄 정도로 그의 위
대함이 만방에 가득하다는 절대의 군주.

하지만 지금 축 처진 눈꺼풀에 주름 가득한 얼굴, 듬성듬
성 빠져 버린 회색 수염은 그것들을 무색케 만들고 있다.

그리고 권좌의 뒤에 서서 모습을 드러내지 않은 채 검은
형체만 보이는 이는 제국의 황태자, 리아레 카본 세프라임
이었다.

"애도라고요? 흐흐."

보리스의 죽음은 확실한 사실이었다. 황태자의 말은 그
것을 다시금 확인시켜 주는 것이고.

"애도…… 좋지요."

카리융은 약한 빛을 반사하는 황태자, 카본의 눈을 뚫어

져라 바라보았다.

"예전, 남부의 지옥 같은 전장에서 마르테께서 말씀하셨죠. 애도는 살아남은 자들의 위선이라고. 진정 슬프고 애통하다면 적의 피를 마셔서 그것을 해소하라고도 하셨고요."

카리융의 시선이 다시 황제에게 닿았다.

"준비는 하고 계십니까?"

"뭘 말이냐."

역시 대답은 카본의 입에서 나왔다.

"복수. 우리의 소중한 마르테를 앗아 간 북부 놈들을 향한 복수요. 아, 형님께서 능청 떠는 걸 보아하니 벌써 전군에 출 정대기를 내려놓으셨나 보지요?"

"우리 제국의 군대는 얼음과 싸우고 있다."

"아하, 북부의 열대 지역에도 얼음이 있다는 사실, 오늘 처음 알았습니다."

카리융이 이를 갈았다.

저 태도로 보아 아직 어떠한 조치도 취하지 않았음을 알았기 때문.

"역시 제 기대를 저버리지 않는 형님이십니다, 아버지도요. 평화는 토끼를 향한 사자의 배려에서 나온다는 괴상한 신념. 늘 뒤에서 종이쪼가리나 만지는 형님답습니다그려."

"……."

"두 분의 의지가 약하시다면 제가 하죠. 당장 북부정벌

군을 결성하겠습니다."

"불가."

카본이 단호하게 말한다.

"누구 맘대로요."

"폐하의 뜻이다."

"캬하하하하하!"

카리융이 미친 듯이 웃었다.

"또, 또 그놈의 경제 논리와 신민의 안정 따위를 말하고 픈 겝니까."

"이건 전혀 다른 문제다."

"보세요, 형님, 그리고 아버지. 우리 제국의 거대한 기둥 하나가 무너졌습니다. 만인의 입에 오르내리던 영웅이 비겁한 암수에 쓰러졌단 말입니다!"

카리융은 보리스의 죽음이 북부 야만인들의 계획적인 음모라 확신했다.

왜 그런 일이 일어났는지, 그들이 왜 마르테를 암살하고자 했는지 자세한 내막은 중요하지 않았다.

즉, 이유불문.

저들, 북부인들은 제국을 향해 선전포고를 한 것이나 다름이 없었다.

감히.

"병권을 안 주시겠다면 제후국과 자치령을 동원하겠습니다."

"그것도 불가."

"허허허, 형님 착각하지 마세요. 제후국의 왕들과 자치령의 듀크들이 누군지 잊으셨습니까? 우리의 삼촌들과 사촌들, 그들 모두가 마르테와 함께 남쪽을 수호했던 이들입니다. 아마도 벌써부터 엉덩이를 들썩거리고 있겠지요."

"그들에게 군사권을 준 기억은 없다."

"징병령은 허가하지 않으셨지만, 의용대를 구성할 권리는 내리신 것으로 압니다만."

카본과 카리융의 말다툼은 끝이 없었다.

카본은 당장 북부와 전쟁을 하지 않겠노라 고집했고, 카리융은 내일이라도 일라시니아 산맥을 넘겠다는 기세로 거칠게 고함친다.

"그마안……."

갑자기 힘없는 노인의 음성이 둘을 갈라놓았다.

"자는 데 방해가 되는구나……."

"아, 아버지!"

카리융은 기가 막혔다. 자고 있었다고?

"아들아…… 넌 네 앞에 앉아 있는 이가 누군지 잊었느냐."

"……만물의 지배자, 황제십니다."

"한데 날 불쾌하게 만드는 이유가 무엇이더냐."

으득.

불손하게도 또 이를 악무는 카리용. 그는 노황제의 가늘게 뜬 눈을 애써 회피했다.

"솔윈…… 그래, 내 어릴 적부터 사랑하던 친구. 일평생 나와 제국을 위해 헌신했던 충신……."

황제가 아쉬움 가득한 음성으로 천천히 말을 뱉는다.

"하지만 태양께서 주신 죽음이라는 평등 앞에 무너졌지…… 슬프도다."

'응? 왜 저러실까.'

카리용은 조금 이상한 황제의 태도에 의문을 가졌다.

"태양께선 평화야말로 모든 것에 앞서는 진리라 하셨다. 밝은 곳에서 피를 보는 것은 태양을 모독하는 것이니라. 이미 이번 일로 인해 태양께서 진노하셨다."

"아버지?"

카리용의 얼굴이 파랗게 질렸다. 혹시 황제의 정신이…….

"사랑하는 둘째 아들아. 이 아비는 태양의 분노가 두렵구나……. 어둠만이 날 가려 줄 뿐."

카리용은 세차게 고개를 들어 카본을 노려보았다.

어떻게 된 것이냐는 눈빛으로.

"폐하께서 많이 피곤해하신다."

"피곤이라고? 거 말도 안 되는……."

"쿨럭, 쿨럭."

순간 터진, 황제의 기침 소리. 그것은 중병 환자의 그것과 같았다.

"폐하의 심기를 어지럽히지 말고 돌아가라. 애도 기간이 끝나면 따로 연락을 주마."

"공식적으로 애도 기간을 선포할 때는 지난 듯합니다?"

카리용의 말이 옳았다.

그가 들은 비보가 정확하다면 보리스는 적어도 열흘 전에 사망했다.

하지만 아직까지 국가적으로 그에 대해 어떠한 공포도 없었다. 다시 말해 몇몇 관련자만 이번 사건에 대해 알지 그 외, 황실과 정부 부처, 제국민 대다수는 이 사건을 모르고 있다는 말이다.

그저 북부에서 작은 군사적 다툼이 있었다는 정도만 짐작할 뿐.

보리스 정도의 거인이 비밀 회담 중 암살되었고, 그를 수행하던 기사와 마법사, 공무원들이 몰살당한 충격적인 사건.

굳이 감추어야 할 필요가 있을까?

"기간은 폐하께서 정하실 것이야. 나 또한 폐하의 마음을 알지 못한다."

"······알겠습니다. 더 이상 아버지 앞에서 추태를 보이진 않겠습니다. 다만."

"다만?"

"형님, 잠깐 저 좀 보시죠."

"나중에 기별을 준다 하였거늘."

"이것만큼은 양보 못합니다."

끼이익, 쿵.

문이 닫혔다. 그리고 카리웅이 몇 발짝 걸은 뒤, 몸을 돌렸다.

문 옆, 기둥의 그림자가 짙게 드리운 곳에 황태자가 서 있었다.

양손을 마주 끼어 겨드랑이에 넣은 채 벽에 기대 선 카본은 그 그림자에 가려져 얼굴을 알아볼 수 없었다.

"화약 때문입니까?"

"아마도."

조금 더 차분해진 카리웅은 빠르게 두뇌를 회전시켜 북부와 마르테의 죽음 사이의 연관성을 찾아냈다.

"아버지와 형님만 알고 계셨다던 화약. 얼마 전, 마르테께서 회의를 소집했을 때, 공개하셨죠. 북부 놈들이 먼저 무기화에 성공한 것 같다고 하시면서. 이번 비밀 회담은 놈들을 압박하기 위한 것이었을 겁니다."

"아버지와 나도 미리 보고받지는 못했다. 보리스의 독자적인 행동이었지."

"제가 전에 아버지를 만나 마르테의 경고를 전하게만 해

.

검은 데일 183

주셨더라도 이런 일은 없었겠죠."

"그때도 아버지께서는 몸이 불편하셨다. 깊은 수면에 빠진 상태였어."

"흥!"

카리용은 카본의 말을 믿지 않았다.

근래 들어 황제의 거동은 거의 없다시피 했고, 대부분의 국정은 황태자가 주관하지 않았던가.

혹시 동생인 자신을 경계라도 하는 것일까.

"마르테께서 지휘하던 조직, 형님도 알고 계신다지요?"

"그래. 음지에서 제국을 위해 일하는 이들에 대해서는 나 또한 잘 안다."

"이번 일은 마르테와 그들이 진행하던 것입니다. 당연하게도."

"그래서?"

본론을 꺼내라는 황태자.

"그들 전부를 제게 주세요."

"왜?"

"아버지 말씀처럼 밝은 빛 아래에서 복수를 할 수 없다면, 어둠 속에서 이루어야죠. 형님께서 그토록 바라지 않으시는 대대적인 전쟁을 피하려면."

"……."

카본은 한동안 말이 없었다.

카리융의 제안을 깊이 고민하는 듯 그저 규칙적으로 숨만 쉴 뿐.

"그러지. 어차피 내겐 필요 없는 이들이니까."

"감사합니다."

"내일 오전, 안전부 장관 오페리스를 만나라. 나머지는 그가 처리해 줄 것이다."

카본의 말에 카리융이 싱긋 웃었다.

그제야 얼굴을 간질이는 거품을 스윽 닦아 내며 돌아서는 카리융의 눈.

그것은 복수심과 분노로 가득한.

피와 살점, 칼과 마법이 난무하는 전쟁을 겪은 전사의 그것이었다.

* * *

톡, 톡.

회상에서 돌아온 카리융은 여전히 관자놀이를 두들기고 있었다.

그때, 홀의 문이 열렸다.

당당한 걸음으로 카리융의 앞까지 걸어와 황자를 향한 예를 올리는 이는 울프하운드의 요원.

"까마귀들을 무사히 가두었다는 전갈입니다."

"그래? 역시……."

카리융은 자신의 말 한마디로 이처럼 완벽하게 일을 처리한 요원들의 능력에 은근히 감탄이 나왔다.

"이곳으로 곧바로 오는가."

"일부러 그들에게 최대한 노출시킨 뒤 도착할 예정입니다."

"차라리 중간에 습격이라도 있었으면 좋겠군."

"아이들 중 하나를……."

요원이 손을 들어 목을 긋는 시늉을 했다.

"아니. 애들이 무슨 죄가 있겠나."

오페리스로부터 8개 부서의 모든 것을 인계받은 카리융은 놀란 입을 다물 수 없었다.

이름만 들어도 알 만한 귀족들과 기사들, 여러 제국군 장성들과 장교, 심지어 상당수의 문관들까지 조직에 속해 있는 것이 아닌가.

안전부 장관 오페리스마저도 파라오하운드라는 부서의 일원일 정도였으니.

카리융은 재빨리 각 부서의 총책임자들을 소집했다.

그들은 침통한 가운데서도 카리융에게 충성을 맹세했고, 곧바로 일이 진행되었다.

이번 사건과 밀접한 연관이 있는 모든 자료들을 긁어모

아 카리융에게 전달했고, 비교적 최근까지 조사가 있었던 각종 보고서들이 새롭게 정리되어 바쳐졌다.

카리융은 일단 북부의 화약 관련 자료들을 살펴보았다.

'놈들이 이 정도로 대단한 과학을 소유했던가.'

카리융은 보리스가 지난 회의 때 상당 부분을 공개하지 않았음을 알았다.

'이 정도라면 당장 전쟁을 해도 되겠다는 생각이 들만도 하군.'

젝스나이츠의 과학력은 벌써 저 멀리에서 제국을 향해 손짓을 하는 위치에 있었다.

머리가 아파진 카리융은 잠시 쉬어야겠다는 생각에 눈을 돌렸다.

그때 그의 시선이 화약 관련 보고 다음으로 두꺼운 서류에 닿았다.

"이것은……."

전혀 재정리를 거치지 않은 듯, 굳게 봉인된 서류철.

중간중간 튀어나온 종이의 색깔들이 서로 다른 모양새가 그것을 증명해 준다.

"1급도 아니고 특급이라……."

카리융은 조용히 인을 뜯어냈다.

한참 동안 서류를 살피던 카리융의 얼굴이 벌겋게 달아올랐다.

카리융을 경악케 만든 서류의 내용.

그것은 남부에서부터 이곳까지 일어난 모든 사건들을 기록한 것이었다.

거기엔 얼음 대지 어느 곳에서 발생한 의문의 폭음 이후의 기이한 일들로 가득했다.

소설에나 나올 법한 괴물들의 출현.

제국 내에서 벌어진 실종 사건과, 일정한 루트를 따라 뭔가가 이동하던 흔적.

조사 중 갑작스러운 죽음을 당한 요원들의 이름이 빼곡하게 쓰여 있는 아래에 그들의 시신을 검시한 보고서가 첨부되어 있고, 보리스의 필체로 추가 조사를 지시하는 명령이 휘갈겨진 채 카리융을 어지럽게 만들었다.

얼음 대지와 관련한 사건이라면 카리융 자신도 그냥 넘길 수 없는 사안이었다.

그도 얼마나 치열하게 침략자들과 싸웠던가.

떨리는 손으로 뒷장을 넘기던 카리융은 익숙한 이름을 보고 또 한 번 놀랐다.

러델 쟌 모로.

일부에서 북부로 망명했다는 루머가 있었을 정도로 완벽하게 자취를 감춘 기사요, 고위 귀족이며 또한 제국군의 독립대대 지휘관. 나중에는 카본이 직접 그의 죽음을 기정사실화해버리지 않았나?

하지만 실제로는 그의 실종 또는 죽음에 대해 상당히 세밀한 부분까지 조사가 있었다.

정신이 혼미해진 카리용은 습관적으로 장을 넘겼고, 곧 하르실라 화재 사건 조사 보고서를 발견했다.

"……설마 이것도 남쪽 놈들이?"

카리용은 무엇보다 먼저 이것부터 확인해야 한다는 것을 직감했다.

휙, 휙.

계속해서 보고서를 넘기던 카리용은 무척이나 의외의 내용을 보게 된다.

"리디아 힐겐, 루산 보우먼, 키릭? 흠, 이건 북부인의 이름이고. 데일 잉그하임, 자오링……. 잉그하임? 어디서 들어 본 이름인데. 자오라는 성은, 흠…… 이쪽도 이방인이군."

침착해진 카리용은 느닷없이 등장한 이들의 이름과 그들이 보인 특별한 능력을 살피다 '잉그하임'이라는 성을 보고 곧 누군가를 떠올렸다.

'설마, 아니겠지. 흔한 성은 아니지만, 이 넓은 제국 땅에 같은 성을 가진 가문이 없다고는 못하니까.'

이름이 언급된 이들은 조사 당시 16세에 불과한 아이들이었다.

데일이라는 아이를 빼고는 각자가 신비로운 능력들을 소

유한 듯했다.

한데 왜 아이들의 이름이 여기에……

"그렇군. 데일…… 모로의 실종 직전 그를 만났었고, 하르실라의 사건 당일 거기에 있었다? 괴력의 북부인도 동행한 듯하고. 이들이 지난 곳마다 채 지우지 못한 전투의 흔적들이라, 허허허."

카리융은 헛웃음을 흘렸다.

"초반엔 남쪽 괴물들의 개입을 의심했군. 아니, 의심이 아니라 확신이었어. 보자……."

그렇게 카리융이 서류를 넘기는 소리만 고요한 집무실에 울렸다.

"마르테. 까마귀들을 새로운 둥지로 이끌었다 합니다."

카리융은 자신을 마르테라 부르는 소리에 감았던 눈을 번쩍 떴다.

그는 아직 이 칭호에 익숙지 않았다.

제국 역사상 최초로 '군신'의 칭호를 얻은 자는 보리스였다.

카리융은 제국을 위해 목숨까지 버려야 했던 보리스를 기리기 위해 처음에는 그 칭호를 사양했다.

하지만 조직원들은 완강했다.

자신들을 거느릴 수 있는 이는 오직 '마르테' 뿐이라면서

적어도 조직 내에서만큼은 카리웅이 마르테의 이름을 이어야 한다고 주장했다.

할 수 없이 그것을 받아들인 카리웅은 가끔 자신을 새로이 칭하는 단어에 부끄러움을 느끼곤 한다.

"기대되는군. 전대 마르테의 관심을 한몸에 받은 아이들. 그들 뒤에 웅크린 거대한 비밀 조직. 감히 폐하와 나, 우리의 시야를 속이고 제국 곳곳에 암약해 온 불손한 놈들. 그들과 아이들은 확실히 남부 침략자들과 관련이 있어. 그분께선 그리 여기지 않으신 모양이지만."

보리스가 아이들과 그 조직의 일에서 일단 손을 거두라 했던 지시를 카리웅이 돌린 지는 오래되었다.

그는 보리스와 다른 생각을 했기 때문이다.

상대와 직접 접촉했던 보리스도, 알렉도 지난 사태로 인해 사망했다. 그들이 가졌던 확신은 아직 자신에게 없다.

따라서 이 일은 여전히 제국의 안전을 위협하는 일.

500명에 이르던 요원들 중, 유일한 생존자라 판단되는 홀고트는 지금까지도 의식이 돌아오지 않고 있다. 그에게서 뭐라도 들을 수 있었다면 다른 결정을 했을지도 몰랐다.

게다가 서류 말미에 저들 조직의 수장에 관해 추측할 수 있는 각종 자료들이 훼손되어 있었다.

아마 보리스 스스로가 그랬을 것이다.

그에 관계했던 요원들도 보리스와 같은 날, 같은 곳에서 죽었다.

결론은 하나다.

철렁, 철렁.

자리에서 일어나 입구를 향해 걸어가는 카리용의 뒤로 그가 두른 망토가 휘날렸다.

묵직한 중년 사내의 걸음을 따라 소리 없이 이동하는 울프하운드88.

그 또한 지금 도착할 다섯 아이들에게 복수에 가까운 감정을 가졌다.

어쩌면 보리스의 죽음에 관여했을지도 모르는 비밀 조직. 그들이 품고 있는 다섯 아이들…….

텅.

배틀액스 홀의 문이 닫혔다.

* * *

덜컹!

마차가 크게 흔들렸다.

"아, 진짜!"

루산이 마부를 비난하며 짜증을 냈다.

"몇 번째야, 같은 곳을 빙빙 돌고."

일부러 그에게 들으라는 투가 역력한 루산의 말.

그때 잠든 줄 알았던 데일이 천천히 눈을 떴다.

제일 먼저 그 눈에 비친 이는 자오링.

그녀는 벌써부터 길고 하얀 천을 주먹에 칭칭 감은 상태였다.

그다음으로 데일의 시선이 루산에게 향했다.

투덜거리고 있지만, 루산의 얼굴은 차가웠다.

틱틱.

이 쾌활한 사냥꾼 친구의 손가락 끝에서 얼음이 가루가 되어 흩날리고 있다.

마지막으로 리디아.

그녀는 여전히 차분한 얼굴을 베일로 가린 채 알아들을 수 없는 말을 중얼거렸다.

일종의 축언일까.

스스로 힘을 분출하지 않고, 타인의 힘을 배가시키는.

자신을 포함해 다른 아이들의 몸 주변을 보랏빛 아지랑이가 감싸는 광경이 데일의 눈에는 똑똑히 보인다.

데일이 슬쩍 마차의 천장을 올려다보았다.

키릭 또한 무언의 준비를 마쳤을 터.

"데일, 넌 나오지 마."

자오링이 무심한 얼굴로 말했다.

데일은 그녀에게 눈웃음을 보내며 고개를 좌우로 흔든다.

어쩐지…… 데일의 모습이 평소의 그와 달라 보였다.

"공부가 세상에서 제일 쉬웠다고 누군가 말했지."

"응?"

느닷없이 튀어나온 데일의 이상한 말에 아이들이 반응했다.

"그거 진짜일까?"

"얘가 왜 이래?"

황당해하는 루산의 시선을 흘리며 데일이 마차의 창문을 열었다.

"흐음."

가슴 깊이 시원하게 공기를 마시는 데일.

"가는 길이 험하다면 쉬웠을 수도……."

킥킥거리는 데일의 생소한 모습에 리디아가 어떤 공포를 느낀 듯, 몸을 잘게 떨었다.

쿵!

갑자기 마차 옆으로 누군가 굴러떨어졌다.

"열흘."

흐느적거리며 구르는 마부를 보며 데일이 말했다.

"뭐가 또."

루산도 이상함을 알았는지 보다 진지해진 음성으로 묻는다.

"저 사람 정신 차리는 데까지 걸리는 시간."

"휘유우우―"

루산이 휘파람을 불었다.

지금 데일은 그동안 알고 지내던 문약한 아이가 아닌, 어떤 미지의 존재와 함께하는 상태임을 눈치챘기 때문이다.

마부를 한 방에 잠재워 던져 버린 키릭이 마부석에 앉았다.

이대로 다른 방향으로 가고자 그가 고삐를 당기려는 순간.

"계속 가."

마차 안에서 데일이 말했다.

"위험에 빠질 수도 있다."

"상관없어, 그대로 쭉."

"……."

키릭은 말없이 데일의 뜻에 따른다.

"데일? 너 좀 이상하다."

자오링은 의혹이 가득 찬 눈으로 데일을 응시했다.

느긋하게 휘파람을 부는 루산.

조금 더 빠르게 축언을 읊으며 떨리는 몸을 가다듬는 리디아.

그들의 그런 태도도 자오링은 이해할 수 없었다.

"어이, 검은 머리 아가씨."

"자. 오. 링."

자신의 이름을 또박또박 말하며 루산을 째려보는 자오링.

"놔둬. 네가 늦게 와서 모르는가 본데 지금 데일은 지극히 정상이야. 맞지?"

창밖을 바라보는 데일의 입가에 희미한 웃음이 걸린다.

"저게 정상이라고? 데일이 아니잖아."

자오링의 말은 데일이 그답게 행동하지 않고 있다는 뜻이다.

"몰라. 쟤한테는 너나 나도 모르는 뭔가가 가득해. 나와 키릭은 일단 무조건 데일을 믿고 보기로 결정했다."

"리디아, 너는?"

리디아는 자오링의 물음에 답하지 않았다.

하지만 분명 리디아는 키릭과 루산의 생각과는 다른 방향에서 데일을 바라보고 있음이 틀림없다.

두려움이 넘치는 리디아의 눈. 그것은 무엇을 의미할까.

마차는 그렇게 한참을 따박거리다가 어떤 장소에 도착한 듯싶었다.

철문이 열렸다 닫히는 소리가 들리고 군인들이나 입을 법한 갑주의 마찰음이 퍼진다.

다시 마차가 움직이기 시작하자 검은색 근무복을 입은 사내들이 마차를 따라 함께 이동했다.

스윽.

키릭이 고삐를 놓고 세이비어에 손을 올렸다.

"얘들아."

창문을 닫은 데일이 모두에게 말을 건다.

"만약에 말이야. 눈을 떴을 때, 너희가 알지 못하는 세상이 펼쳐져 있다면, 어쩔래?"

데일의 말에 외부에 있는 키릭을 포함해 모두가 순간 얼어붙었다.

"모험…… 같은 건가?"

루산이 물었다.

"뭐, 비슷하겠네. 좀 위험스럽기도 하고, 뭐가 있는지도 모르고, 또 결과를 예상할 수 없다는 점에서는."

"대학교보다는 재미있겠어."

루산이 맞장구친다.

"너희도 그리 생각하니?"

뭐가 뭔지 모르겠다는 표정이었지만 자오링은 일단 고개를 끄덕였다.

데일이 리디아를 바라보았다.

데일과 눈을 마주친 리디아. 그녀는 고개를 돌리며 눈을 감아 버린다.

"키릭은?"

"네가 하는 일, 그건 곧 내 일이다."

"멋져. 역시 **용감**해."

데일이 박수까지 치며 좋아하자 리디아가 입술을 꽉 물

고 자오링의 손을 잡는다.

"그럼."

꿀꺽.

"일단 한숨 자."

풀썩, 풀썩.

데일의 말이 끝나자마자 마차 안의 아이들이 쓰러지듯 잠들어 버린다.

쿵.

마부석에 앉아 있던 키릭의 큰 덩치가 뒤로 넘어지며 마차를 진동케 했다.

"……전설을 깨우러 가야지."

중얼거리던 데일은 잠시 후 멈춰 버린 마차의 문을 열었다.

*　　*　　*

"요원이 보이지 않는군."

카리융은 마부석에 있어야 할 마부 대신 다섯 중 하나로 짐작되는 육중한 북부인을 보며 말했다.

"다리를 건널 때까지는 저 자리에 있었답니다."

"혹시 그들에게?"

그러기에는 시간이 짧았고, 저 마차가 그대로 이곳에 도착했다는 점도 거슬렸다.

자신들을 노려보는 북부인. 아마 저 덩치가 키릭일 터.

둥글게 마차를 포위한 블러드하운드들은 카리융의 명이 떨어지기만을 기다린다.

쿵.

갑자기 마차가 멈추며 키릭이 뒤로 넘어졌다.

"응?"

요원들이 순간 병기를 꺼내며 자세를 잡는다.

그리고 이어지는 고요.

덜커덩.

그 고요를 비웃듯 마차의 문이 거칠게 열렸다.

"괜찮아."

카리융은 자신의 앞을 막고 무기를 들어 올린 요원에게 침착하게 말하며 앞으로 한 걸음 나갔다.

턱. 턱.

누군가 마차에서 나왔다.

"……"

무척이나 작은 키의 사내아이.

저 아이가 아마도 데일 잉그하임일 것이다.

"이봐."

"예, 마르테."

데일을 보던 카리융이 요원에게 물었다.

"보고에 따르면 다섯 중 제일 왜소한 아이는 금발이라 하지 않았나?"

"맞습니다."

"그런데…… 왜 검지? 잡티 한 점 없는 흑발이로군. 저 맑아 보이는 눈동자 또한."

"그렇습니다."

데일, 검은 머리의 데일이 마차의 발 거치대를 톡 넘어서 내려왔다.

주변이 삽시간에 긴장과 침묵에 빠졌다.

작은 아이 하나가 등장했을 뿐이거늘 마치 막강한 능력의 암살자를 맞이한 듯, 묘한 압박을 받았기 때문이었다.

데일이 카리옹을 향해 가쁜한 걸음으로 다가왔다.

요원 하나가 마차 안을 살피더니 다들 잠들었다는 표현을 보냈다.

"진짜 잠든 거 맞아요. 깨려면 오래 걸릴 테니 억지로 흔들거나 하지 마요."

데일의 음성은 매우 부드럽고 다정한 기운이 가득했다.

마차 안으로 들어가려던 요원은 저도 모르게 흠칫하며 고개를 끄덕인 뒤 마차에서 내렸다.

순간 모두가 그 모습에 당황해했다.

아이의 몇 마디 말에 천하의 블러드하운드가 행동을 멈추다니.

"허, 허허."

카리융이 진정으로 재미있다는 듯 웃음을 터트렸다.

데일이라는 아이에게는 특별한 초능력 같은 것이 현재 나타나지 않는다는 보고.

그것은 틀렸다. 옛 기록들까지 찾고 나서야 데일이 로그의 아들임을 깨달은 카리융은 그가 죽기 전까지 데일도 고향에서 놀라운 이적들을 행했었음을 확인했다.

사라졌다는 데일의 힘.

그것이 지금 발현되고 있다.

척.

큰 신장을 가진 중년의 전쟁 영웅과 보잘 것 없이 작은 꼬마가 짧은 거리를 두고 섰다.

"인사드릴게요. 콜로스카 주, 비스텐지아 마을, 잉그하임 가문의 큰아들. 데일 잉그하임입니다."

"아버지는 로그 잉그하임이고, 할아버지는 그 유명한 발라니스겠지."

"후아, 평민에 불과한 저희 가문을 알아 주시니 영광인데요?"

카리융은 데일의 즐거워하는 모습에서 싱그러운 바람을 느낀다.

"내가 전장을 떠나기 전, 막 입대한 로그를 데리고 마지막 작전을 수행한 적이 있단다. 미친놈인 줄 알았지. 그토록 잔인한 전사는 이전까지 본 적이 없었으니까."

"히히."

데일은 제 아비를 미쳤다고 표현하는 상대에게 호의적인 태도를 보낸다.

"난 세프라임. 영광 어린 이름, 로슈르의 군주이신 황제 폐하의 둘째 아들인 리아레 카리용이다."

"황자 전하를 뵙습니다."

데일이 우아한 자세로 예를 표했다.

"보다시피 여긴 폐하의 별궁이자, 나의 거처이며, 제국 수호의 중심지다. 즉, 너흰 보호자들에게서 벗어나 우리의 수중에 있다는 말이다."

"그런 듯하군요."

어찌 보면 황자를 앞에 두고도 평민 따위가 보일 만한 태도가 아니건만 카리용도, 요원들도 거기에 대해 제재를 가하지 않는다.

카리용이 자리에 황자로서 서 있는 것이 아니었기에.

"난 너희를 당분간 이곳에 가두고자 하는데, 어찌 생각하나?"

데일이 검은 머리칼을 쓸어 넘기며 잠시 주변을 둘러보았다.

까마득히 높은 철담.

웅장한 별궁의 전경과 곳곳에 자리 잡은 근위병들이 검

은 눈동자에 비친다.

아마도 보이지 않는 곳에 더 많은 병사들과 요원들이 포
진하고 있을 것이다.

그럼에도 데일은 주눅 든 표정이 아니었다.

얼굴 가득 환한 빛을 띄우고 약간의 즐거움마저 보이는
모습.

"마르테."

"그래, 응?"

카리용이 일순 당황했다.

자신이 이곳에서 마르테라 불린다는 것은 조직원들을 제
외하곤 누구도 모르는 비밀이건만.

"우리…… 거래할까요?"

폭풍 전야의 불안한 고요와도 같이 별궁 전체에 무거운
침묵이 내렸다.

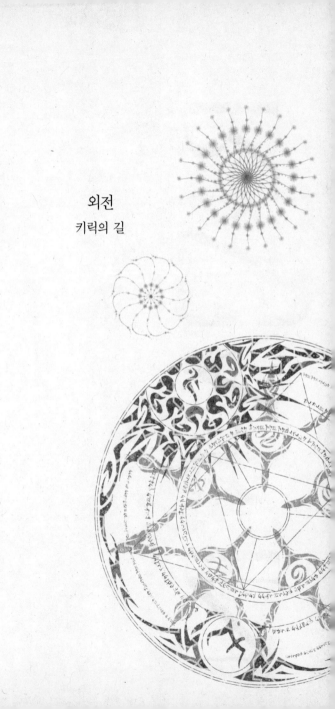

외전
키릭의 길

RAJA RIN

로슈르 제국 북동쪽, 대륙 북부 자유무역연합과 제국의 자연적인 국경을 이루고 있는 일라시니아 산맥.

이 산맥은 자비로운 용, 일라신이 제르 호바의 암흑군대를 막아 낸 성스러운 땅인 일라시니아를 길게 두르고 있기에 같은 명칭이 부여되었다.

대륙 최대의 철광석 산지인 이곳 산맥 아래쪽에는 대규모 거주지가 군데군데 형성되어 있다.

또한 거주지와 광산 주변에는 제국 방위군 19개 사단과 예하부대들, 6개의 독립여단이 산맥을 따라 길게 포진해 철통같은 방위 태세를 자랑한다.

여러 광산들 중 가장 크고 가장 많은 노동자들이 있는 호리병 광산.

그곳에서 때 아닌 노동자들의 함성이 들렸다.

"우와아아!"

"아이고!"

"아, 좀! 피해! 일단 피하라고오!"

크엉!

이것은 사납기로 유명한 갈색곰의 울음소리.

그 속에는 분노와 고통이 가득 담겨 있었다.

곰이 지르는 괴성과 노동자들의 함성은 높이 세워 올린 원형의 경기장에서 들려왔다.

쉬이익!

사람의 얼굴보다 큰 곰의 앞발이 세찬 바람을 일으키며 허공을 찢었다.

그것을 살짝 피하면서 곰의 뒤쪽으로 굴러가는 남자.

보통 성인 남성의 평균키보다 머리 하나는 더 크고 온몸의 근육은 더 이상 부풀어 오를 수 없을 만큼 발달되어 있다.

까무잡잡한 피부에 번들거리는 땀과 피는 소름끼치도록 아름다운 매력을 그에게 부여한다.

일격을 피한 남자에게 분통이 터진 곰은 곧바로 몸을 돌려 또 한 번 크게 우짖었다.

곰은 남자보다 더 크고 더 단단해 보였다.

하지만 몸 곳곳에 난 상처들에서 끊임없이 피가 흘러내렸다.

곰을 상대하고 있는 남자는 양손에 날카로운 철 조각이 붙은 너클을 꽉 낀 채 곰의 눈을 응시했다.

큰 덩치와 달리 아직 앳되어 보이는 얼굴.

깊게 들어간 푸른 눈과 살짝 휘어진 코, 빛나는 은발은 전형적인 북부인의 특징을 여실히 보여 주었다.

곰은 저 힘센 인간을 어떻게 요리할지 고민했다.

하지만 짐승은 짐승.

반복적인 경험과 본능에 의존하는 사고로는 이 건방진 인간을 박살낼 묘안이 나올 수 없었다.

기다릴 줄 아는 갈색 곰 특유의 영악함도 지금 순간 제 빛을 발하지 못했다.

곰이 남자의 주변을 돌며 공격의 기회를 엿보았다.

그때 남자가 눈알을 굴려 어딘가를 흘끗거렸다.

그의 어두운 시선이 닿은 곳에 마른 체구의 노인이 있었다.

너무나도 볼품없고 작은 체구 때문에 있는지 없는지도 모를 만큼 존재감이 없는 노인.

그가 작게 고개를 끄덕였다.

크어엉!

기회라 판단한 곰이 크게 몸을 일으켜 사내를 덮쳤다.

이 작은 방심이 가져올 끔찍한 결과를 예상한 관중들의 입에서 비명과 함께 탄식이 터졌다.

그리고 두 팔을 교차해 가슴 앞에 모은 사내의 눈에서 푸른 무언가가 살짝 나타났다.

쾅!

곰의 앞다리 두 개가 사내를 찍고, 큰 폭음이 사방으로 퍼졌다.

폭음?

인간의 육신이 찢어지는 소리는 확실히 아니었다.

웅웅—

곰이 내려친 공격은 사내의 바로 앞에서 막혔다.

그리고 그 자리에는 푸르게 빛나는 불꽃이 곰의 앞다리를 삼킨 채 묘한 울림을 방출한다.

관중들도 갈색곰도 이 놀라운 현상에 얼어 버렸다.

탓!

불꽃이 사라지고 곰이 자유로워짐과 동시에 남자가 허공으로 도약했다.

사내는 거대한 곰을 넘어 빠르게 등 뒤에 올라탔다. 그리고 억센 두 팔로 곰의 목을 조르기 시작했다.

크아아앙!

곰이 앞다리를 허우적거리며 몸부림쳤다. 하지만 뒤에

달라붙어 숨통을 조여 오는 사내를 결코 떼어 내지 못한다.

으드득!

곰의 목뼈가 어긋나는 소리에 누군가가 침을 삼킨다.

툭툭 불거져 나오는 남자의 힘줄.

더 이상 곰의 포효는 없다.

와그작!

뼈를 잘게 조각내 버린 남자가 너클을 강하게 쥔 채 주먹을 들어 올렸다.

그리고 엄청난 힘으로 곰의 머리를 찍는다.

퍼석.

쇠보다 단단하다는 갈색곰의 머리뼈가 박살나며 사내의 주먹이 그 머리통에 쑥 박혔다.

환호하는 노동자들에게 손을 흔들며 퇴장하는 남자의 이름은 키릭.

그리고 열광의 도가니 뒤편에서 키릭을 응시하는 조용한 눈동자가 있다.

깊게 내린 후드 아래에서 비스듬히 빛나는 눈동자의 주인은 입가에 기괴한 웃음을 머금은 채 차분히 중얼거렸다.

"베텔기우스의 방패…… 괴물을 키워 냈군."

조금 전 곰의 공격을 정지시킨 푸른 불꽃을 그는 베텔기우스의 방패라 칭한다.

"서로 간 보는 짓 그만하자는 뜻인가, 젠장……."

노인의 허락을 받은 키릭이 보여 준 능력을 이런 의미로 받아들인 듯, 후드의 남성은 이제 결정을 내렸다. 어쩌면 목숨과 바꾸게 될지도 모르는.

그가 몸을 돌려 군중들 속으로 사라졌지만 함성은 끝없이 광산을 울렸다.

땀을 식히는 키릭의 맞은편에 아까의 왜소한 노인이 앉아 육포를 뜯었다.

파리한 안색이 그가 병을 앓고 있음을 짐작하게 해 주었고, 당연하게도 그는 가끔 기침을 했다.

그 모습에 익숙한 듯 키릭은 별 말 없이 너클을 빼고 몸에 낭자한 곰의 선혈과 뇌수를 닦았다.

"거, 말이야."

기침을 멈춘 노인이 입을 열었다.

키릭이 몸을 닦다 말고 노인을 무표정하게 바라보았다.

"아니, 너 말고. 거기 시꺼먼 친구."

순간 차갑게 변하는 키릭의 얼굴.

그는 바로 수건을 던져 버리고 천천히 노인의 앞에 섰다.

방 안에 노인과 자신 외에도 다른 이가 있음을 노인의 말로 짐작했기 때문.

잠시 내부를 살피던 키릭의 시선은 이내 방구석 어두운

곳에서 멈췄다.

"콜록, 콜록!"

노인이 기침을 하며 그곳을 향해 손짓을 했다.

그러자 후드의 사내가 조용히 어둠 속에서 걸어 나왔다.

"2년이던가?"

"예, 솔직히 좀 지루했습니다."

"그래, 기다림은 지루한 법이지. 특히 죽어 가는 노인의 끝을 바라볼 때는."

사내를 향한 키릭의 눈에 살기가 올라왔다.

노인의 말은 즉, 사내가 노인이 죽기만을 기다려 왔다는 뜻이었기 때문이다.

"뭐, 그런 면도 없지는 않습니다. 하지만 그런 지루함도 이제 끝내야겠지요."

키릭을 향해 눈인사를 보내는 사내.

그가 잠시 후, 자신을 소개했다.

"소인은 비숍. 트라폴리아 대륙 최고의 검사이자 자유무역연합 제 1보병군단 군단장이신 디록 경에게 인사드립니다."

비숍이라 자신을 소개한 사내가 우아한 자세로 노인, 디록에게 고개를 숙였다.

"틀렸어. 앞으로 단어를 고를 때는 조금 더 신중함을 가지도록."

다시 말해, 지금 디록의 처지는 옛 영광과는 거리가 멀다는 뜻이었다.

"비숍이라…… 체스판의 피스. 자신이 자리한 색을 벗어나지 못하는."

비숍이 몸을 움찔했다.

디록이 평가한 자신의 위치를 너무나도 정확히 지적했기 때문이었다.

누군가의 지배 아래에 놓여 있는 장기판의 비숍.

그리고 그 누군가는 비숍의 목숨 따위는 안중에도 없었다.

디록이 그의 주인과 한 맹약에 수하의 생명줄은 애초에 포함되어 있지 않았기에.

"우린 상호 간에 꽤 인내를 가지고 지켜본 것으로 안다."

키릭이 고개를 돌려 무슨 말을 하냐는 듯 눈을 동그랗게 떴다.

"왜 제가 굳이 경기장에 모습을 드러내 경께서 절 직접 보실 수 있게 했는지를 물으시는 거군요. 죽음을 각오하고서라도."

"그래, 때문에 나 역시 키릭에게 푸른 불꽃의 발현을 허락한 게고."

"푸른 불꽃…… 그것을 저희는 베텔기우스의 방패라 부르지요."

"오랜만에 듣는 용감한 분의 존함이로고."

또다시 디록이 심하게 기침을 시작했고, 비숍은 기침이 끝날 때까지 묵묵히 기다렸다.

"정말로…… 사실 날이 얼마 남지 않으셨습니다."

"킬킬킬킬, 그래. 네가 조금만 더 기다렸다면 지금처럼 목숨을 걸 필요도 없었겠지."

"맹약을 어긴 점은 사죄드리지요."

"때가 된 것이로군. 하지만 너무 빨라."

키릭은 이들의 대화를 들으며 도저히 이해할 수 없다는 표정을 지었다.

"왜, 궁금하냐? 일단 넌 그냥 있어. 나중에 따로 설명해 줄 테니까."

키릭이 비숍을 돌아보자 그가 삐딱하게 고개를 숙여 긍정을 표했다.

키릭의 얼굴에 불안감이 스쳤다.

어쩌면 버림받을지도 모른다는, 아니, 헤어짐이 올 수도 있다는 예감.

그리고 불안은 현실이 되었다.

"데려가."

키릭의 눈이 튀어나올 듯 커졌다.

"다행이로군요. 거절하실까 걱정했습니다."

후드에 가려진 비숍의 입가에 미소가 지어졌다.

대체 무슨 일들을 벌이고 있냐는 듯 부들부들 떠는 키릭.

짜증 섞인 그의 눈과 비숍의 눈이 마주쳤다.

비숍은 비웃음인지 뭔지 알 수 없는 묘한 표정으로 키릭에게 고개를 끄덕였다.

그에 분통이 터진 키릭이 이를 악물고 비숍에게 분풀이를 하려 했다.

"키릭, 되었다."

디록이 근엄한 목소리로 키릭을 나무랐다.

갑작스러운 디록의 위엄에 키릭은 저도 모르게 정지해 버렸다.

"비숍, 넌 내일 다시 찾아와. 나와 내 제자가 나누어야 할 시간이 길지 않으니."

"물론입니다."

비숍이 인사를 마친 후 밖을 향해 걸어갔다.

툭.

무언가가 바닥에 떨어지면서 동시에 짙은 피비린내가 훅 풍겨 왔다.

퍼덕퍼덕.

땅에서 펄떡거리는 물체는 인간의 팔이었다.

그것을 보고 나서야 비숍은 자신의 오른쪽 어깨 아래가 허전한 것을 느꼈다.

"……감사합니다."

"당연히 그래야지. 원래는 네 목숨이었지만 팔 하나로 대신해. 내 제자 놈에게 해코지라도 하면 곤란하니까."

맹약을 어긴 비숍을 제거함으로 인해 다른 피스들에게 키릭이 불이익을 받지 않도록 하겠다는 디록만의 '친절한' 배려였다.

문밖을 나서는 비숍의 모습이 흐려졌다.

자신을 향해 성질을 부리는 키릭을 고요한 눈으로 바라보는 디록.

잠시 후, 디록은 키릭이 들을 수 없을 만큼 작게 중얼거렸다.

"……자린을 위하여……."

*   *   *

이별은 조용히 이루어졌다.

날이 밝기 전에 찾아온 비숍은 미리 준비한 말에 올라 자신을 기다리는 키릭을 발견했다.

키릭의 주변에는 누구도 없었다. 비숍의 팔을 잘라 버린 디록마저.

"호, 일찍 왔다고 생각했는데 그게 아니었군. 오래 기다렸나?"

"아니."

한참이나 어린 키릭의 반말에도 비숍은 불쾌해하지 않는다.

"네 사부에게 들을 건 다 들었는가?"

"원래 돌려 말하는 걸 좋아하는 노인네다. 내 멍청한 머리로 전부를 이해할 수는 없지."

사부에 대한 존경 따위는 전혀 내비치지 않는 키릭을 보며 비숍이 잠시 멍한 표정을 짓는다.

키릭이 비숍의 잘려 없어진 팔이 있던 부위를 슬쩍 바라보았다.

"노인네가 지나친 친절을 베풀었군. 나였다면 상처를 지져 주지 않았을 테니까."

디록은 비숍의 팔을 잘라 냄과 동시에 막대한 열기로 핏줄의 단면들을 태워 대량 출혈을 방지해 주었다.

예전의 디록이었다면 상상도 할 수 없었던 행위였다.

"우리가 어디로 가는지는 아나?"

"제국의 수도, 라로시르. 나머진 네게 맡기라더군."

"뭐, 딴 거는 생각할 필요 없어. 먼 길이니 일단은 출발하자고."

키릭이 고개를 끄덕였다. 정말로 아무것도 궁금하지 않은 듯.

"거 참, 무뚝뚝하기로는 대륙에서 따라올 사람이 없겠어."

"경고하지. 내게 긴 말은 걸지 않는 게 좋아. 사부가 널 따라가서 네가 원하는 것이라면 무엇이든 따르라 하였기에 길을 나선 것이다. 하지만 난 널 신뢰하지 않아. 아니, 싫다."

"그러셔?"

비숍은 키릭의 경고에도 별로 겁을 내지 않는다.

"일단은 참고하지. 그리고 앞으로의 일에 대해서는 차차 알려 주마."

비숍이 먼저 말의 배를 걷어차 앞으로 달려 나간다.

살짝 찌그러진 미간을 유지한 채 그를 지켜보던 키릭은 잠시 후 무척이나 우울한 표정을 하며 뒤를 돌아보았다. 혹시 디록이 자신을 배웅하지 않을까 하는 생각으로.

그러나 디록은 끝까지 모습을 드러내지 않았다.

키릭의 얼굴에 한층 서러움이 깃들었다.

키릭이 탄 말은 태어났을 때부터 키릭만을 위해 키워졌다.

다른 말들보다 덩치가 절반은 더 컸고, 힘과 지구력 또한 상당했기 때문.

그 정도가 아니었다면 키릭과 같은 거인을 등에 태우지 못할 것이다.

하지만 이런 말조차 키릭과 함께 오랜 시간을 달릴 수 없었다.

그 정도로 키릭의 덩치는 대단했고, 또 키릭이 챙겨 온 무기들도 그 무게를 무시하기 어려웠다.

그런 이유로 키릭과 비숍은 흙먼지 날리는 황량한 대지를 천천히 유랑하듯 관통했다.

그렇게 두 달이 넘는 시간을.

광산을 떠나온 뒤 키릭과 비숍은 거의 대화를 나누지 않았다.

갑작스러운 상황 변화에 적응하라는 비숍의 의도와 키릭의 무뚝뚝함이 묘하게 어우러진 침묵.

그 안에서 키릭은 지난 일들을 회상했다.

북부의 위대한 마스터, 폴몬트 디록.

사실 사부라고 칭하기도 민망할 정도였다.

자신은 그를 '노인네' 또는 '늙은이'라고 불렀고, 디록은 키릭을 '놈'이라고 해 왔으니까.

키릭은 아주 어렸을 때를 기억하지 못한다.

'키릭'이라는 인간으로서 처음 기억나는 것은 폐허가 된 마을에서 울고 있는 자신을 내려다보고 있는 디록의 얼굴이었다.

어떤 이유로 마을이 멸망했는지는 몰랐다. 마적의 습격이거나 아니면 자연재해였을 수도.

디록에게 거두어진 키릭은 십여 년간 그와 함께하며 많은 것들을 배웠다.

검술, 창술, 격투술, 살인 기술에 더불어 정신과 육체의 조화법 등을.

당시의 디록은 지금과 같이 쪼그라들고 초라한 노인의 모습이 아니었다.

당당한 체구에서 뿜어져 나오는 위엄. 막강한 힘과 초월적인 속도를 지닌 대륙 최강의 검사였다.

그러나 2년 전 어느 날.

악몽을 꾸고 비명을 지르며 깨어난 자신 앞에 피를 흘리며 앉아 있는 이는 죽어 가는 디록이었다.

처음이었다.

누군가의 아픔을 보고 진심으로 가슴이 무너지는 느낌을 가졌던 적은.

한 마리 벌레처럼 찌그러진 디록을 눈에 담고서야 키릭은 알았다.

자신이 디록을 얼마나 존경하고 사랑하는지.

그를 품에 안고 사무치게 오열하던 키릭의 귀에 모기 소리 같은 디록의 목소리가 들렸었다.

"······베텔기우스······."

이후, 기절한 디록을 안고 무작정 달리다가 국경을 넘어 로슈르 제국 영내로 들어왔다.

사람들이 있을 만한 곳을 찾던 중, 다행히 호리병 광산에 정착한 키릭은 이후 지금까지 광부로서 살아왔다.

그리고 간신히 살아난 디록의 가르침을 쉬지 않고 받았다.

이전에 받지 못했던 기이한 수련을 포함해서.

그것은 푸른 불꽃의 발현과 그 기이한 기운을 다루는 능력에 관한 것이었다. 누구도 알지 못하게 수련을 지속한 것은 당연했고.

일라시니아 산맥의 각종 야수들과 맨몸으로 싸우는 유흥을 만든 사람은 디록이었다.

마치 누군가에게 와서 보라는 듯.

이제야 키릭은 깨달았다.

그 누군가는 바로 비숍이고, 또 비숍의 뒤에는 더 큰 세력이 자리하고 있음을.

비숍과 함께 광산을 떠나기 전, 디록과 키릭은 많은 대화를 나누었다.

대부분이 디록의 과거에 관한 이야기였지만, 마지막 부분에서 디록은 키릭이 왜 떠나야만 하는지에 대해 말해 주었다.

자유무역연합이 자랑하는 최고의 코어, 제 1보병군단의

군단장 자리를 버려야 했을 정도로 누군가와 중요한 약속을 했고, 이제 그것을 지켜야 한다고.

그 약속은 키릭이 로슈르 제국의 국립대학에서 힘을 감춘 채, 배우고 또 배워야 한다는 것이었다. 언젠가 힘을 키워 그 능력을 요긴하게 쓸 날이 올 때까지.

디록은 그 외에 다른 어떠한 것도 알려 주지 않았다.

"모래 폭풍."

키릭의 상념을 깨는 비숍이다.

"보이나?"

끄덕.

"이상하군. 이런 곳에서 모래 폭풍이 일어나다니."

아주 멀리서 하늘까지 이어진 큰 규모의 회오리가 모래를 집어삼키며 휘도는 것이 보였다.

"풍요의 제국 로슈르에서 흔히 볼 수 있는 광경은 아니지. 아, 너는 잘 모르겠군."

비숍의 말에 키릭이 다시 고개를 끄덕인다.

"느낌이 좋지 않아."

키릭의 생각도 같았다. 저 거대한 회오리는 일라시니아 산맥 위쪽의 북부 건조 지대에 가끔 나타나는 기현상이었기 때문이다.

키릭은 비숍의 심각한 얼굴을 보았다.

오른팔이 생으로 잘려 나가도 신음조차 내지 않았던 이가 비숍이다.

한데 그의 표정이 일생의 대적을 만난 듯 아주 차갑게 굳어 있다.

"솔직히 말해 봐."

키릭이 간만에 입을 열었다.

"적인가?"

적군 아니면 아군.

키릭이 세상을 나누는 기준이었다.

"빨라…… 너무도."

알 수 없는 말을 지껄이는 비숍.

"우리의 예상을 뛰어넘은 속도야. 대체 아래쪽에서 무슨 일이 일어난 것일까."

비숍이 중얼거렸다. 일부러 들으라는 듯.

만약 그의 의도가 그 무엇에도 관심을 두지 않는 키릭의 흥미를 유발코자 함이라면 반 정도는 성공했다.

"저걸 해결하고 나면 물어보지. 네 말의 의미를."

웅웅─

갑자기 말안장에 걸어 두었던 클레이모어가 진동하기 시작했다.

디록이 물려 준 그것의 이름은 세이비어.

과거 그가 자유무역연합의 군단장이었던 시절, 연합의

12개 국가 중 하나인 뮈란드의 반란을 진압할 때 들었던 무거운 검.

구원자라는 뜻과 달리 잔혹했던 디록의 '악명'을 더욱 떨치게 만든 세이비어는 만 명의 피를 머금었다고 알려졌다.

인간의 원념이 깃든 검, 세이비어.

그것이 지금 울음을 흘린다.

"너 웃냐?"

비숍이 어이없는 얼굴로 키릭을 응시했다.

저도 모르게 슬쩍 피어 나온 키릭의 미소.

잔인하기로 둘째가라면 서럽다는 북부 전사의 모습 그대로다.

"도와달라는 애원 따위, 하지 마."

팔이 하나 없는 비숍에게 신경도 쓰지 않겠다는 뜻.

키릭의 냉정한 말에 비숍이 킬킬거리며 가늘고 긴, 위프 피어를 왼손으로 잡아 꺼낸다.

키릭이 먼저 말을 몰았다.

이 순간을 위해 휴식한 듯 키릭의 말은 거칠게 울부짖으며 모래 폭풍을 향해 내달았다.

그것을 묵묵히 지켜보는 비숍.

"……수천 년간 얼어 있던 대지를 녹인 힘. 너무 방심하고 있었나. 대륙 전체를 관조하는 우리의 시야를 뚫고 이곳까지 넘어오다니."

탓!

비숍의 말도 키릭을 따라 강하게 말굽을 굴렸다.

"그럼 너의 무력을 한번 감상해 볼까? 키릭."

흙모래로 가득한 땅에 뿌연 먼지를 올리며 두 사람은 '적'의 도전에 응했다.

* * *

모래 폭풍과 거리는 상당히 멀었다.

전력을 다해 질주했으나 꽤 시간을 소요하고서야 겨우 거친 바람이 느껴지는 곳까지 도달했다.

어느덧 날이 어둑어둑해졌고, 폭풍 너머 흐릿한 산 위쪽으로 달이 떠오른 이 시간.

분명 경험상으로는 충분히 닿고도 남을 거리였다.

하지만 신기하게도 일정한 시점부터는 폭풍과 쉽게 차이를 좁히지 못했다.

이제야 키릭은 알았다.

단순히 멀고 가까움의 문제가 아님을.

폭풍은 이때를 기다린 것이다.

태양이 자취를 감추고 달이 지배하는 시간이 다가오기를.

키릭이 가까워지면 가까워질수록, 폭풍은 뒤로 물러났다.

그리고 그것은 땅이 증명해 주었다.

어느 순간부터 단단해야만 하는 땅이 비에 젖은 듯 질퍽하게 변했다.

분명 저 폭풍이 이르렀다 물러난 흔적.

자연현상이 아니라는 것 정도는 진작 알았지만, 과연 세상에 이런 괴현상을 일으킬 만한 존재가 있기는 한 걸까. 게다가 발목까지 푹 들어가는 물기 어린 땅은 모래와 흙으로 이루어진 저 건조한 모래 폭풍으로 인한 것으로 보기에도 힘들다.

그러나 옛 전설 속에나 나올 법한 일에도 키릭의 표정엔 변화가 없었다.

그저 깨트리고 부수면 끝.

저런 '마물' 따위는 애초에 키릭의 안중에 존재하지 않았다.

키릭이 말에서 내려 한곳에서 정지한 듯 보이는 폭풍을 노려본다.

"멀리 가 있어, 부르면 오고."

키릭의 말을 알아들은 듯, 검은 말 키리코가 길게 히힝거리다가 반대쪽으로 달려 사라졌다.

푸욱.

무거운 클레이모어의 끝이 끈적끈적한 바닥에 박혔다.

눈앞의 폭풍은 정말 어마어마했다.

아직 멀리 떨어져 있음에도 불구하고 몸이 폭풍의 흡입력에 끌려 들어가는 것만 같았다.

과학? 합리성?

논리적인 정답이 지배하는 이 시대의 기준으로 보자면 현재 벌어지고 있는 상황은 그냥 꿈 또는 눈속임으로 치부해 버리기도 부끄러울 정도였다.

그러나 키릭은 굳게 닫은 입에 힘을 주었다.

그 자신도, 가진 능력도, 내재해 있는 불가해한 불꽃의 원천도 과학적인 합리성과는 애초에 격을 달리 하지 않던가.

키릭은 요동치는 공기의 흐름을 뚫고 느릿하게 폭풍으로 다가갔다.

스르릉.

들어 올려 어깨에 걸친 세이비어가 다시 울림을 토했다.

눈을 가리며 날리던 모래를 걷고 들어온 폭풍의 핵.

그곳은 어둡지만 고요했고, 건조하지만 음습한 무언가로 가득 찬 비현실적 공간이었다.

외부와 격리된 완전한 암흑.

그 안에 키릭을 바라보는 존재들이 있었다.

어둠 속에서 깜박이는 눈, 눈, 눈, 눈…….

누렇게 빛나는 그것들은 결코 키릭에게 호의적이지 않

았다.

그때였다.

무언가가 키릭에게 빠르게 쏘아졌다.

팅!

키릭이 그것을 검면으로 튕겨 내자마자 어둠의 자식들이 공격을 개시했다.

스걱.

처음 날아온 적의 몸이 두 동강으로 잘려 떨어졌다.

부웅—

키릭이 세이비어를 가로로 크게 휘둘렀다.

펄쩍 뛰며 그 궤적을 피하는 적들. 그중 한 놈이 끝에 걸려 뱃가죽이 크게 벌어진 채 내장을 쏟는다.

"크릉!"

마치 사나운 짐승의 울음과도 흡사한 놈들의 괴성.

하지만 놈들은 단순한 짐승이 아니었다. 그들의 손에 날카로운 병기가 들려 있었기 때문.

가가각.

세이비어의 날을 타고 불꽃이 튀었다.

세로로 베어 오는 적의 무기를 비스듬하게 흘려 내며 키릭이 진격을 시도한다.

팅! 팅!

무겁고 단단한 키릭의 클레이모어가 적들의 병기를 부러

뜨리며 또 둘의 목숨을 거두었다.

철퍽!

세차게 밟은 땅에서 물기가 튀어 키릭의 얼굴을 차갑게
식힌다.

깡!

뒤를 찔러 온 적을 보지도 않고, 세이비어를 돌려 막아
낸 뒤 그대로 앞쪽으로 당겼다.

세로로 갈라지며 쓰러지는 적에게서 썩은 시체에서나 날
법한 냄새가 풍겼다.

"크엉!"

사자와 같은 소리를 지르며 키릭에게 쏟아지는 적들.

검자루를 뒤로 찔러 한 놈을 꿰뚫은 뒤 그대로 앞쪽으로
내질렀다.

푹! 푸욱!

두 놈이 동시에 관통당하며 키릭의 안면까지 딸려 왔다.

키릭은 그 와중에도 손을 뻗어 놈의 얼굴을 쥐었다.

기분 나쁜 촉감이 일었다.

마치 상한 사과를 잡았을 때 느껴지는 퍽퍽함과 끈적임.

게다가 입술이 없어 놈의 딱딱한 치아가 손바닥에 닿아
더욱 불쾌감을 일으켰다.

키릭이 손아귀에 힘을 주자 놈의 얼굴이 가죽 째 벗겨지
며 우그러졌다.

'부패한 고깃덩어리.'

딱 이런 느낌.

썩은 짐승과 흡사한 괴인들과의 전투가 계속되었다.

키릭은 잠시도 움직임을 멈추지 않았다.

무거운 병기를 사용할 때의 전형적인 동작인, 타원을 그리며 방어와 공격을 동시에 해낸다.

키릭을 중심으로 3m 이내는 완벽한 그만의 공간이었다.

스물에 가까운 동료들의 피를 보고서야 드디어 적들의 공격이 멈추었다.

숨소리 하나 흐트러지지 않은 채 다시 세이비어를 어깨에 걸치는 키릭.

그의 주변으로 으르렁거리는 적들의 분노가 점점 잦아졌다.

딱!

키릭이 엄지와 가운뎃손가락을 튕겼다.

화르륵.

순간 푸른 불꽃이 작게 덩어리를 지어 허공에 나타났다.

감각이 아닌 눈으로 인식한 자리.

그곳에는 작은 불꽃에 비친 적들의 시체들만이 아무렇게나 흩어져 있다.

제대로 살핀 적은 무척이나 추악했다.

어설프게 만들어 입은 의복.

그 사이로 흐르는 녹색의 진물과 꼬물거리는 구더기.

키릭의 손에 처참하게 잘리고 터진 적들의 모습이었다.

그중 비교적 온전한 놈의 시체가 키릭의 눈에 들어왔다.

예상대로 끔찍하기 그지없는 생김새였다.

동공이 없는 누런 눈과 콧날 없이 구멍만 존재하는 코.

우글우글 비틀어진 안면은 백 년을 썩힌 늑대 고기보다 더 역겨웠다.

안면의 아래쪽 전체는 처음부터 뭉개져 있었는지 신경과 근육들 일부만이 이어진 채 날카롭고 더러운 이빨을 고스란히 드러낸다.

"내가 상대하는 것들이 겨우 이런 놈들이었나? 이건 뭐, 산맥의 야수보다 못하지 않은가."

적들에게 들으라고 말을 뱉어 본다.

순간 키릭은 오싹한 느낌을 받았다. 그리고…….

쉬이익, 펑!

지금까지와 달리 무척이나 강력한 공격이 들어왔다.

웅— 웅—

여전히 세이비어를 어깨에 걸친 채였지만 다른 손을 앞으로 쭉 뻗은 키릭.

그의 표정이 달라졌다.

손바닥을 펼쳐 낸 바로 앞에서 비숍이 '베텔기우스의 방패'라 불렀던 푸른 방어벽이 생성된 채 기이한 울림을 지속했다.

그리고 그 가운데에는 뾰족한 덩어리가 소용돌이치며 앞으로, 앞으로 파고든다.

척, 척.

물기 어린 바닥을 밟으며 누군가가 앞으로 나섰다.

키릭의 방어벽이 더욱 크게 요동쳤다. 그러자 놈의 생김새가 선명히 드러났다.

가시덩굴을 눈과 코 부위까지 빽빽하게 감은 얼굴.

역시나 입술이 뜯어진 모양은 다른 놈들과 같았다.

우우웅—

불꽃을 파고들던 덩어리가 손바닥 근처까지 이르렀다.

순간 퍽 하며 방패가 사라지고, 그것이 키릭의 손안에 잡혔다.

뜨끔한 아픔이 팔을 타고 뇌에 전해졌다. 하지만 키릭은 눈썹 하나 찡그리지 않는다.

잠시 후, 덩어리의 회전이 멈추고 쥐어 든 주먹 사이로 피가 흘러 땅을 적셨다.

"두목인가?"

그그극.

대답 대신 놈이 아래턱을 좌우로 움직여 이를 갈아 댔다.

빠직거리며 손안에서 부서진 덩어리의 파편들을 떨어뜨리며 키릭이 목을 꺾는다.

"노인네와 떨어져 세상에 첫 발을 내민 환영 인사라……
꽤 마음에 들어."

공식적으로 디록은 트라폴리아 대륙에서 적수가 없다는
최강의 검사.

그리고 자신은 비공식적으로 그의 유일한 제자.

적당한 선에서, 사부를 제외하고 자신과 상대할 '인간'
은 드물 것이 분명했다. 적어도 키릭의 자신감으로는.

"어차피 말도 통하지 않을 테니 이 환영 인사는 몸으로
받아 주지."

놈들을 척살한 뒤 비숍에게 확실한 설명을 들어야 할 필
요성을 느꼈다.

앞에 선 놈의 옆으로 다른 적들이 스멀스멀 나타났다.

그 모습은 마치 늪 속에서 막 기어 나온 어린아이에 다름
이 없었다. 수천 년을 썩어 온 괴물들의 모양을 한 채.

'뭘까…… 이 즐겁고도 화나는 감정은.'

전투에 대한 기대감으로 키릭의 기분이 들뜬 것은 사실
이다.

그러나 이상하게도 눈으로 확인한 놈들에게 지독한 원한
이 솟는다.

끼익거리며 다가오는 늪의 괴물들.

키릭이 세이비어를 두 손으로 잡고 그 끝을 놈들에게로
향했다.

                    *   *   *

  늪의 괴물들은 집요하고 빨랐다. 그리고 그 숫자도 상당
히 많았다.

  또 놈들을 베어 내면 순식간에 진흙처럼 변해 발 앞에 쌓
였다가 땅으로 스며든다.

  일정한 격식도 없다. 그렇다고 특별한 작전도 없다.

  그냥 무조건 키릭에게 돌진해 날카로운 손톱을 들이대는
것이 전부.

  그런 괴물들에게 세이비어는 확실한 구원을 선사한다.
죽음이라는 영원하며 차가운 구원.

  "끼에에!"

  또 하나를 갈랐다. 키릭은 시큼한 냄새를 흐트러뜨리며
무너진 녀석의 머리를 밟아 부수고 한 걸음 나아간다.

  세 놈이 동시에 달려들다 단번에 허리가 잘려 또 물컹한
덩어리가 되어 바닥에 깔렸다.

  굳이 죽인 놈들의 숫자를 셀 필요도 없었다.

  어차피 자신의 동작이 멈추는 때가 싸움의 끝일 테니까.

  싸움이 지속될수록 키릭은 내재해 있던 야수의 본능이
꿈틀거리는 것을 느꼈다.

  어둠 어딘가에 뭉쳐 있을 놈들 속으로 뛰어들어 미친 듯

이 클레이모어를 휘두르고 싶었다.

하지만 가끔 빠르게 들어와 시선을 교란하며 사라지는 채찍 같은 무언가 때문에 앞으로 내달릴 수 없었다.

신경이 분산된 상태지만 키릭의 무력은 막강했다.

셀 수도 없이 죽어 간 적들의 시체만이 쌓였다가 사라지며 땅을 질퍽하게 만든다.

철퍼덕!

하체를 노리고 들어오던 적을 위에서부터 찍자 놈은 잠시 부르르 떨다가 곧 움직임을 멈춘다.

"후우."

키릭은 끝없는 학살이 이처럼 자신을 지치게 만들 수도 있음을 처음 알았다.

적들이 더 이상 공격을 하지 않았다. 혹, 이 작은 괴물들 모두를 소모한 것일까.

기분 나쁜 고요함만이 주변에 가득했다.

꿈틀.

그때 키릭은 무언가를 느꼈다. 바로 진흙 같이 변한 땅에서.

쓰우욱.

오른쪽 발이 갑자기 아래로 꺼졌다.

순식간에 무릎까지 박혀 버린 다리를 보며 키릭이 황당해한다.

왼발에 힘을 주며 오른발을 빼내려 하자 왼발마저 깊게 빨려 들어갔다.

'늪.'

이건 늪이다. 북부 우림 지대에 흔하게 널린 바로 그 늪.

아, 또 있다.

남부 얼음의 대지가 시작되는 땅, 저주의 늪지대. 전설에 따르면 늪의 요정들이라는 사악한 존재들이 가득하다는 그 곳.

키릭이 몸을 뒤척일수록 점점 늪 속으로 가라앉았다.

이대로라면 금방 전신이 잠길 것은 당연한 일.

지금만큼은 전투의 달인인 키릭도 무엇을 어떻게 해야 할지 전혀 감을 잡지 못했다.

'이것이었나. 이 늪을 만들기 위해 내 앞에서 모조리 죽어 갔단 말인가.'

격식과 작전 없이 무작정 돌진해 오던 이유가 있었다.

자신들을 제물 삼아 이 지저분한 함정을 만들기 위해서였던 것이다.

"후웁."

키릭이 크게 숨을 들이켰다. 거의 목까지 닿은 늪의 표면 때문이었다.

결국 키릭은 머리끝까지 늪에 잠겼다. 꽉 잡았던 세이비어의 자루를 놓치고, 그 손마저 늪 속으로 사라지는 것을 끝으로 키릭의 자취는 완전히 사라진다.

보글.

참았던 숨의 일부가 방울이 되어 코에서 빠져나갔다.

과연 어디까지 내려갈 것인가.

한참이나 가라앉고 있었으나 여전히 바닥은 알 수 없었다.

'정말 늪일까.'

이 현상을 일으킨 힘의 근원은 무엇일까.

대륙에서 극히 소수만이 사용한다는 마법?

아니면 과학적으로 원인 규명이 가능한 자연 법칙의 일종?

그도 아니라면 최면술에 가까운 눈속임인가.

하지만 키릭은 자신의 오감이 보내는 생생함을 무시하지 않았다.

'이것은…… 현실이다.'

지금 순간 무엇이든 시도해야 했다.

여기서 시간이 조금만 더 지나면 참았던 숨이 한계에 이를 터.

늪 속에서 익사하는 것은 키릭이 예상해 왔던 수많은 죽음의 유형 중에 없었다.

'자존심 상하는군.'

절체절명의 위기 상황에서도 이런 생각을 하는 자신이 우습다.

꽈드득.

키릭은 이를 악물었다.

당장 할 수 있는 최선의 방법을 사용하기 위해.

신체에서 빠르게 열기가 발산되었다.

전신을 감싸고 있는 끈적끈적한 이물질들이 가공할 열기에 끓기 시작했다.

퍼퍼퍼퍼퍼!

늪이 조금씩 물러나기 시작했다. 아니, 키릭이 내뿜는 푸른 불꽃이 그것을 태워 사라지게 만들었다는 표현이 정확할 것이다.

순간 키릭이 감았던 눈을 떴다.

대양의 푸름과 흡사한 빛이 그 눈에서 발현되어 더욱 강한 청염을 일으켰다.

슈아아악!

키릭을 중심으로 반경 2m의 공간이 구를 형성하며 늪을 완전히 몰아냈다.

"푸우우……."

다시 숨을 쉬자 미약하지만, 청량한 산소가 키릭의 폐로 흡입되었다.

이 불쾌한 공간에 녹아 있던 미량의 공기가 구의 표면을 통해 조금씩 내부로 빨려 들어온다.

"사부가 되도록 쓰지 말라고 했는데."

사실 상당히 위험한 시도였다.

공격을 막아 내는 불꽃 방패를 이끌어 내는 것도 인간이 자연적으로 이루어 낼 수 있는 능력은 아니다.

디록이 강조했던 자연계의 법칙에 따르면 모든 물질은 결코 새롭게 생성되는 것이 아니며 다른 물질의 변화를 통해 그 모습을 바꾸는 것이라 했다.

그러나 키릭의 힘은 그러한 법칙을 완전히 무시하는, 자연에 역행하는 능력.

다시 말해 창조.

마법도, 화학도, 그 어떤 학문도 아닌.

키릭의 내부에서 잠자고 있는 미지의 에너지가 탄생시킨 창조.

'방패'로서 기능하는 이 힘도 계속 발현될수록 세계의 균형에 영향을 줄 것이거늘 공간 자체를 살라 버릴 정도라면 현실에 미칠 영향은 짐작할 수도 없다.

그러나 지금 키릭이 빠져 든 늪 또한 비현실적이긴 마찬가지였다.

따라서 키릭은 푸른 불꽃을 극도로 끌어 올려 자신을 보호하는 것에 아무런 망설임이 없었다. 일단 살아야 세상이 꼬이는 것도 볼 수 있으니까.

푸른 방어막에 밀려났다 하지만 이 늪을 이루는 물질들은 끝없이 벽을 파고들기 위해 부딪쳐 왔다.

"나와."

어디의 누구를 향해 말을 거는 것일까. 키릭의 눈은 방어벽을 두들기는 이물질들 중 유난히 어두운 곳에 박혔다.

순간 늪이 어둠을 그 자리에 두고 물러났다.

그리고 거기에는 놈이 있었다.

이 괴물들을 이끄는 자가.

"뭔데 날 귀찮게 하지?"

귀찮다?

이런 말도 안 되는 현상을 그저 귀찮음 정도로 인식하는 키릭의 배포가 놀랍기만 하다.

아드득.

놈이 아래턱을 움직여 또 이를 갈았다.

소리가 들릴 리가 없건만 키릭은 저 빠득거림이 귀를 간질이는 착각이 든다.

"사부와 관련이 있나? 날 건드려 복수하려고? 아니면 비숍?"

가시덩굴에 가려 보이지 않는 놈의 눈이 꿈틀거리는 것만 같다. 비웃는 걸까.

"나로군…… 내 길을 방해하겠다는."

—두 가지 선택이 있다.

귀로 들리는 음성이 아니었다.

—죽어 다시 태어나든지…… 그분에게로 돌아오든지.

"다시 태어나거나 그분에게 돌아오라……. 개소리로군."

크와아아아—

늪이 사납게 요동쳤다.

—넌 약해, 예전에 비할 수 없이. 하지만 언젠가 거대한 너로 돌아가겠지. 그분의 뜻에 반하도록 놔두지 않겠다.

"그만. 거기까지 하자, 더 듣기 짜증나니까."

파직! 파파팟!

놈의 몸에서 채찍 같은 것들이 튀어나와 방어벽을 찌른다.

"어차피 이 공간, 너를 끝장내야 없어지겠지."

긍정도 부정도 하지 않는 적의 수장.

"숨 쉬기도 불편하고 큰 힘을 썼더니 피곤하기까지 해. 오래 버티기는 힘들어."

놈의 지저분한 입가에 만족스러움이 감돌았다.

키릭의 얼굴에 표정이 사라졌다.

키릭도 더 이상 말을 하지 않았고 놈의 음성도 울리지 않는다.

그러기를 잠시.

키릭의 주먹을 꽉 쥐었다.

"하아아압."

부족한 산소를 최대한 보충하는 키릭. 놈도 그것을 보자 몇 개의 채찍들을 더 꺼내어 공격을 준비한다.

피융!

방어벽이 사라졌다.

기다렸다는 듯 키릭을 향해 꾸물거리며 몰려오는 늪.

동시에 놈의 채찍들도 살아 있는 뱀처럼 키릭의 몸을 찔러 왔다.

펑!

키릭의 뒤쪽에서 뜨거운 열이 분출되었다.

한 점에서 폭발한 무지막지한 압력에 근육질 거인이 막아서는 늪을 헤치고 빛처럼 날아갔다.

푹, 푹, 푹.

세 개의 채찍이 키릭의 몸에 박혔다.

그리고 뒤쪽으로 관통해 나온 끝이 다시 키릭의 등에 박힌다.

이물질들이 키릭을 잡아끌었다.

그러나 엄청난 속도로 두목을 향해 쏘아져 나간 키릭을 결코 제지하지 못했다.

푹, 푹.

채찍들이 계속적으로 키릭을 파고들었다.

상처를 통해 독으로 판단되는 액체가 내부로 빠르게 흘러 들어왔다.

강하게 이를 문 키릭의 눈에 놈의 안면이 들어왔다.

놈은 당황하고 있음이 분명했다. 몸을 내주고 돌진하는 이 상황을 전혀 예상치 못했기 때문.

콰악!

키릭이 놈을 꼭 안았다. 그리고 더없이 강한 힘으로 놈을 조였다.

'내 생각 읽을 수 있어?'

그러거나 말거나 상관은 없다.

'너희가 뭐든 나를 노렸다면 그만한 대가를 치러야지.'

콰지직.

놈의 뼈마디가 으스러지는 느낌이 선명했다.

'그분인지, 그 자식인지 오라고 해. 지금의 너처럼 박살 내 줄 테니까.'

그아아아아아.

키릭이 푸른 불꽃을 완전히 개방했다. 그 자신마저 태워 버릴 것만 같은 힘으로.

그리고 공간이, 어둠이 키릭에게 빨려 들어갔다.

자리한 세상 전체가 하얗게 변해 버림과 동시에.

지독하게 파란 점 하나가 그 중심에서 폭발했다.

주위의 모든 것이 사라졌다.

그저 탁한 회색 공간만이 원래 있었던 듯 고요히 자리하고 있을 뿐.

키릭은 그 공간에 뜬 채 유영하고 있었다.

상처 가득한 몸. 거의 타서 사라져 버린 가죽 옷과 철로 된 방어구들.

반쯤 뜬 그의 눈은 무엇을 보고 있는 것일까.

―어리석다.

놈은 죽었다.

비명도 지르지 못하고 화산보다 뜨거운 열기에 의해 증 발되었다.

하지만 지금 키릭의 의식에 놈이 최후로 남긴 의지가 들 어와 말을 걸어 온다.

―자비로운 은색의 드래곤을 따라 그분을 거역했던 용감 한 드래곤이여……. 또다시 아픈 역사를 반복하려 하는가.

'드래곤…….'

―방패의 주인이시여…… 푸르고 푸른 용맹의 상징이시 여……. 돌아오십시오. 그분 곁엔 당신이 필요합니다.

키릭의 의식에 머물러 애원하듯 몸부림치던 놈의 잔념이 서서히 사라져 간다.

그리고 키릭은 보았다.

흐릿하게 다가오는 푸른 물체를.

그것은 거대한 날개를 펼친 괴물…… 아니.

일라신을 위해 수백만 암흑 군대를 홀로 격파한 청색 비늘의 주인.

하늘을 가릴 만큼 광대한 위용을 드러내며 푸른 드래곤
이 키릭을 삼킨다.

* * *

푸드득!

뭔가가 날아오르는 소리에 키릭이 눈을 떴다.

점점 선명해지는 시야 끝에 맑은 하늘과 고고히 흘러가
는 구름이 보였다.

얼굴을 찌르던 강렬한 바람도, 피부를 쓸어 가던 모래 알
갱이들도, 어둠도, 추악한 괴물들도 사라지고 평온한 세계
만이 키릭을 반겼다.

"끙……."

"어, 일어났나?"

약간은 당황스러워하는 비숍의 음성이었다.

"지금 뭘 날렸지?"

방금 들은 소리는 분명 날짐승이 날갯짓을 하면서 내는
것이었다.

틀림없이 비숍은 그의 상관에게 이 상황을 보고하기 위
해 연락용 새를 보냈을 것이다.

"가끔 연락하고 지내는 친구가 있어서."

"윽!"

키릭은 상체를 일으키다 가슴과 등, 아랫배를 쑤시는 극심한 통증을 느끼고 인상을 썼다.

채찍들이 관통해 생긴 상처들이다.

"튼튼한 몸이야. 죽어도 열 번은 더 죽었을 상처인데."

은근한 감탄을 담아 비숍이 말했다.

그의 말을 흘리며 키릭이 주변을 둘러보았다.

황량한 평원의 모습은 그대로다. 물기 가득했던 대지는 어느새 말라 먼지를 피워 올렸고 천지를 요동치게 만들었던 폭풍의 흔적은 찾아볼 수 없다.

다만 키릭의 관심을 사로잡았던 것은 완전히 타서 재만 남은 열 개 남짓한 무더기들이었다.

"아, 이거?"

비숍이 아무렇지도 않은 얼굴로 자신이 벌인 전투의 흔적들을 슬쩍 쳐다본다.

"살짝 힘들었지만 할 만은 했어."

"조력자들이 있었군."

오른팔이 없는 비숍 혼자 저들을 상대할 수는 없었을 것이다.

"거 그냥 좀 넘어가지. 좀 바쁘게 움직여야 할 테니까."

우르릉.

멀리 하늘이 우는 소리가 들렸다.

키릭이 천천히 일어나 먼지를 털어 냈다. 상당한 고통에도 불구하고 더 이상 아픔을 표하지 않으며.

키리코가 다가와 그의 얼굴을 핥았다.

영특한 말은 이미 주인의 상태를 알고 어서 위에 오르라 재촉한다.

"아픈 중에 미안하지만 서둘러야겠어. 저 먹구름 보이지?"

까마득히 먼 창공을 뒤덮는 구름이 키릭의 눈에 선명히 들어온다.

"하나같이 이상해. 이 기간에, 이 지역에 비라니."

비숍은 이해할 수 없는 자연의 틀어짐에 고개를 갸웃했다.

갑작스러운 먹구름의 원인.

그것은 키릭이 극한으로 끌어낸, 현실 세계의 법칙에 반하는 비자연적 능력으로 인한 것이 아닐까.

"지진이라도 날 줄 알았는데……."

"응?"

"아니다."

"흠, 일단 최대한 빠르게 이동해 가까운 마을부터 찾자고. 네 옷이랑 장구들을 구해야 하니까."

비숍의 말에 너덜너덜해진 의복과 덜렁거리는 철구들을 확인한 키릭이 고개를 끄덕였다.

후두둑.

빗물을 잔뜩 모았던 잎이 기울어지며 물을 쏟아 냈다.

나뭇가지 하나를 부러뜨려 모닥불에 집어 던지는 키릭.

이렇게 비가 내리는 날 야영해야 하는 기분은 겪어 보지 않은 사람은 모른다.

"이런이런. 말린 고기들이 다 젖어 버렸어. 서둘러 해결하지 않으면 다 썩어 버리겠다."

비숍은 물이 뚝뚝 떨어질 정도로 젖은 식량들을 허탈하게 바라보며 말을 꺼냈다.

"이제 대답해 봐."

"……."

키릭의 물음에 비숍이 다시 침묵했다.

"그것들. 일단 정상적인 인간들은 아니었어. 꿈도, 환상도 아니고."

치이익.

불길에 닿은 고기에서 수분이 증발한다.

"국립대학교? 디록 늙은이는 배우라고 했다. 배워서 더 강해진 다음 큰 사람이 되라고."

아른거리는 모닥불의 그림자를 사이에 두고 키릭이 비숍을 노려보았다.

"너희 로슈르에서는 대학에 입학하기 전에 목숨을 걸어야 하나?"

키릭이 말하는 의미 그대로가 아님을 비숍도 안다.

"놈들은 우릴 기다렸다. 사람들의 시선이 미치지 않는 곳에서. 우리를, 나를 제거하려는 시도가 알려지지 않기를 바랐다는 뜻. 아마도 네가 속한 세력과 반대되는 자들이겠지. 너희와 마찬가지로 음지에서 활동하는."

"미친 정신병자들의 집단일 뿐이야."

키릭이 이처럼 비숍에게 길게 말을 걸어 본 적은 처음이었다.

"한데 놈들은 날 알고 있고, 나 또한 놈들이 낯설지 않았다."

비숍이 움찔하며 키릭을 놀란 눈으로 바라본다.

"왜일까. 그런 자들이 있다는 것도 처음 알았는데 말이지……. 너는 알고 있나, 비숍?"

"낯설지 않았다고?"

비숍이 엉뚱하게 물어 온다.

그런 비숍을 키릭은 다시 진하게 노려보았다.

"너희도 그렇고 놈들도 그렇고 지독한 음모를 꾸미고 있어. 국립대학이라는 것은 핑계일 뿐. 나에게 원하는 것이 뭐지? 살육인가? 전쟁?"

"……틀려."

비숍이 한숨을 쉬며 말을 흐렸다.

그도 지금 하는 일이, 벌어지고 있는 일들이 원하는 방향이 아니라는 것을 간접적으로 표현한 것이다.

"나중에 때가 되면 저절로 알게 될 것이다. 그러니 지금은 네 사부이신 디록 경의 뜻대로 나를 따르기만 하면 돼. 더 이상 묻는다면 다시는 입을 열지 않겠다."

비숍이 선을 그어 버렸다.

키릭도 이 이상 말을 걸지 않고 모닥불을 응시했다.

틱틱!

젖은 나뭇가지가 내는 매캐한 연기가 이들이 머무는 간이천막 내에 가득 퍼진다.

다음 날.

내리던 빗줄기가 조금 가늘어지는 것을 확인한 두 사람이 출발할 준비를 마쳤다.

"장담은 못하지만 수도까지 직선으로 쉬지 않고 달린다면 열흘 정도면 가능할 거야."

혀를 내밀어 장난치듯 비를 머금으며 비숍이 말했다.

"아니, 우린 조금 더 동쪽 방향으로 간다."

"뭐? 아무리 지리에 어두워도 그렇지 라로시르는 남서쪽이라고."

"날 끌어당기는 느낌이 있다."

"……."

"확인해야 해."

이상하게도 비숍이 키릭의 말에 제동을 걸지 않았다.

그렇게 방향을 틀어 이동을 시작하는 두 사람.

그리고 그 길의 끝에는 운명의 중심이 존재했다.

키릭이 돌아가는 길을 택한 것에는 이유가 있었다.

괴물들과 전투를 벌인 뒤, 강력한 힘을 폭발시킨 여운 속에서 키릭은 묘한 경험을 했다.

확실히 기억나지는 않았으나 자신을 감싸던 거대한 존재가 있었고, 그것이 가리킨 방향에서 황금을 연상케 하는, 또 다른 육중한 무언가가 오라고 손짓하는 것만 같았다.

그리고 정신을 차린 지금까지 남아 밤하늘에서 영롱한 빛을 뿌리는 별처럼 키릭을 유혹한다.

둘은 그렇게 키릭이 정한 방향으로 길을 나섰다.

대륙은 정말로 넓었다.

지루하다 못해 정신이 멍해질 정도로 먼 길을 내려왔으나 여전히 끝은 보이지 않는다.

다만 기후가 더 온화해지고 불모에 가까웠던 대지가 풍요로운 황금빛으로 변해 가는 것만이 이들의 여정이 곧 끝날 것임을 알려 줄 뿐이었다.

그사이에도 비가 몇 번이나 그쳤다 내렸다를 반복하며 이해할 수 없는 기상 이변을 일으키고 있었다.

쿠르릉!

"쉬지도 않고 울어 대는군."

비숍이 어두운 밤하늘을 깨우는 천둥소리를 듣고 말했다.

척.

키릭이 먼저 키리코를 세웠다.

"왜."

"피……."

키릭은 옅은 피 냄새가 젖은 공간이 풍기는 비린내에 섞여 사방으로 퍼지는 것을 느꼈다.

"거기에다 익숙한 놈들의 냄새도."

비숍의 얼굴이 빠르게 굳었다.

그들이 말을 세운 장소로부터 멀지 않은 곳에 광활한 숲이 있었다.

그리고 죽음이 내뿜는 기막힌 냄새와 역겨운 존재들의 악취가 그곳에서 풍긴다.

＊　　＊　　＊

숲에 진입하여 나아갈수록 죽음의 향기는 더 강해졌다.

그리고 얼마 지나지 않아 둘은 끔찍하게 널브러진 인간들을 발견했다.

꽉.

사방에 널린 시체들의 조각을 보며 이를 악무는 비숍과 그를 흘끗거리는 키릭.

비숍의 이런 반응이 무척이나 흥미롭다는 표정이다.

"왜, 또 너무 빠른가? 아래쪽에서 일이 잘 안 되는 모양이군."

키릭의 비꼬는 말에도 비숍은 답하지 않은 채 빠르게 주변을 훑어보았다.

여기저기서 싸움의 흔적들이 발견되었고, 그것은 숲의 중심 쪽으로 계속 이어졌다.

대충 발견한 시신들만 열 구가 넘었다.

직선 거리에서 이 정도라면 아마 더 많은 이들이 죽어 쓰러졌을 것이다.

그때였다. 멀리서 누군가의 비명 소리가 들린 것은.

탓!

비숍이 말도 없이 그곳을 향해 말을 달렸다.

키릭은 그를 따라 함께 가지 않고 시선을 돌려 어두운 숲길 안쪽을 바라보았다.

스르릉.

세이비어를 뽑아 아래쪽으로 늘어뜨리고 천천히 이동하는 키릭.

저 깊은 심연과도 같은 어둠 속에서 은은하게 빛나는 황금빛 발광체가 키릭을 잡아끌었다.

이상하게도 심장이 두근거렸다.

긴장? 공포?

아니, 그것은 반가움과 그리움에 가까운 감정이었다.

처벅, 처벅.

빗소리 속에 악취를 풍기는 존재들의 움직임이 있었다.

휙!

놈들이 키릭에게 날아왔다.

써억!

한 번의 휘두름으로 둘을 베었다.

왼쪽에서 흉기를 찍어 오는 놈의 목이 키릭의 손아귀에 잡힌다.

아득.

엄지로 놈의 턱을 밀어 가볍게 목을 부러뜨리고 뒤에서 달려드는 적을 팔꿈치로 가격한다.

퍼걱.

주인을 도와 키리코가 쓰러진 적의 머리통을 밟아 깨뜨리며 빛을 향해 걸었다.

그리운 존재에게 가는 길.

그 길은 인간이라 볼 수 없는 괴생명체들의 죽음으로 얼룩진 참혹한 혈로로 변했다.

마침내 키릭이 그곳에 도착했다.

턱.

키리코에서 내려 세이비어를 어깨에 걸친 키릭이 정면을 응시했다.

숲 가운데 넓게 난 공터.

누군가가 튼튼하게 올린 천막이 바람에 흔들린다.

그리고 그 앞에 키릭이 찾던 존재가 있었다.

비에 잔뜩 젖은 채 달빛을 받아 더욱 화려하게 빛나는 금발.

작고 마른, 하지만 알 수 없는 광휘에 휩싸인⋯⋯.

소년.

"너였나⋯⋯."

누군가를 향해 묘한 미소를 보이며 한 걸음씩 움직이는 소년을 보자 키릭의 얼굴이 편안해졌다.

소년을 눈동자에 담은 순간, 키릭이 받은 느낌은 지금까지 인간을 나누던 그의 기준을 바꾸었다.

적, 아니면 아군.

그리고⋯⋯ 친구.

"버르시⋯⋯ 비타 누 트라고."

빠직.

돌덩어리를 갈아 마신 듯한 거칠고 쉰 목소리가 키릭의 귀를 자극했다.

소년이 다가가는 자리. 그곳에 낯설지 않은 괴물이 있었다.

소년에게 손을 내밀어 금방이라도 잡아챌 것처럼 미동하

는 괴인.

자신을 습격했고, 죽은 뒤 묘한 말을 남겼던 괴물들의 수장과 비슷한 생김새를 한 자였다.

더 이상 생각할 것도 없었다.

키릭은 세이비어를 강하게 움켜쥐고 놈을 향해 날았다.

쿠앙!

비에 젖은 땅이 갈라지며 사방으로 파편을 날렸다.

"커억!"

소년이 비명을 지르며 한참이나 밀려 나간 채 주저앉았다.

후두둑.

빗물과 함께 떨어지는 진흙을 맞으며 키릭이 섰다.

정확히 괴인과 소년의 중간 지점에.

쏴아아아아아아!

쿠르릉.

당황한 소년을 뒤에 두고 키릭이 괴인을 노려보았다.

"브라니! 프리에타 누 칼카."

"……."

철퍽.

소년이 기절해 넘어가는 소리가 들렸다.

'담이 약한 친구로군.'

그르릉!

놈이 짐승 같은 소리로 위협했다.

펑! 펑!

가죽 부대가 터지는 듯한 굉음이 키릭의 면전에서 일었다.

웅웅—

푸르게 빛나는 방패 모양의 불꽃이 뾰족한 채찍 형태의 가시덩굴을 방어한 채 그곳에서 빛난다.

놈이 뭔가를 계속 지껄였지만, 북부어도 아니고 로슈르어도 아닌 괴이한 언어였기에 전혀 알아들을 수 없었다.

그러나 자신의 출현에 무척이나 화가 났고, 키릭을 습격했던 자들의 무능함을 탓하는 것만은 확실했다.

텅!

빗물을 헤치고 키릭이 먼저 공격을 개시했다.

촤아악.

덩굴이 이리저리 휘어지며 키릭와 몸을 노리고 날아왔다.

서걱.

쉽게 그것을 자르고 놈의 바로 앞에서 기합을 터트리는 키릭.

강렬하게 빛난 푸른 불꽃이 놈의 앞섶을 태웠다.

티팅!

키릭은 빠르게 세이비어를 등으로 돌려 뒤에서 찔러 오

는 가시를 막아 내고 발끝으로 놈을 걷어찼다.

부우웅—

펄쩍 뛰어 공격을 피한 놈에게 막대한 힘을 실은 검을 휘둘렀다.

순간 핏 하며 얼굴에 놈의 피가 튀었다.

그러나 공격이 제대로 먹히지는 않았다. 그저 살갗을 약하게 스치고 지나갔을 뿐.

그제야 키릭은 놈이 끊임없이 뭔가를 중얼거리고 있었음을 알았다.

씨익.

놈이 웃었다. 아니 입술이 없어 그 모양을 정확히 인식하지는 못했지만 그럴 것이라는 생각이 든다.

"서반!"

놈의 입에서 주문과 같은 말이 터져 나왔다.

뿌드드득.

키릭이 딛고 선 진흙땅에서 가시덩굴이 자라나 순식간에 발을 묶었다.

그러나 그것으로 끝이 아니었다. 시체를 태우는 냄새와 함께 덩굴이 썩어 들어가기 시작했다.

지이잉!

키릭의 눈과 세이비어의 검끝이 동시에 푸르게 빛난다.

콰아악!

키릭이 검을 강하게 찍었다. 가느다란 빛줄기가 원을 그리며 키릭을 중심으로 넓게 흩어진다.

"쳇!"

발가락과 뒤꿈치가 시큰거렸다.

임기응변식으로 불꽃을 발현시켰지만 피해를 완전히 막아 내지는 못했다.

"크크크큭."

놈이 키릭을 비웃으며 열 개의 가시 채찍을 더 꺼내 놓았다.

마치 살아 있는 뱀처럼 흔들거리며 놈의 주변에서 춤추는 채찍의 뾰족한 끝에서 누런 진액이 뚝뚝 떨어졌다.

같지만 달랐다.

지난 번 키릭과 마주했던 적들의 두목과 생김새는 비슷했으나, 얼굴에 촘촘히 두른 덩굴에 눈에서 피가 터지는 문양을 그려 놓은 것이 달랐다.

또 공격의 방식도 차이가 있었다.

이전의 적은 물리적인 공격만을 했었다.

시체로 이루어 낸 늪이라는 함정은 예외로 두고서라도.

하지만 지금 마주한 괴인은 분명 다른 차원의 능력을 썼다.

그것도 무척이나 위협적인 고급 마법을.

"나도 정상은 아니지만, 너희는 진짜 괴물이로군."

어차피 키릭 자신도 비현실적인 능력을 가졌다.

이 넓은 세상에 자신과 비슷한 존재들이 있다는 것도 당연했다.

촤라라락!

채찍들이 뭉쳐 서로를 엮었다. 더욱 두꺼워지고 더욱 단단해져 키릭을 포위하듯 너울거렸다.

키릭은 슬쩍슬쩍 그것들을 엿보며 놈의 허점을 찾았다.

아직까지는 놈의 방어를 뚫기 어려웠다.

채찍 하나가 급하게 키릭에게 쏘아졌다.

검면으로 가슴을 가려 막아 냈으나 몸이 뒤로 밀리는 것만은 어쩔 수 없었다.

가각! 가가가각!

덩굴로 만든 채찍과 강철의 클레이모어가 부딪쳐 불똥을 튀긴다.

슈우욱!

쿵!

머리 위에서 내려치듯 떨어진 채찍을 다시 검으로 막았다.

순간 가슴 앞에서 춤추던 다른 채찍이 심장 부근을 찔러 왔다.

깡 소리와 함께 채찍이 한 번 튕겨 나갔다. 가슴을 가린 방어구가 움푹 들어갈 정도로 강력했던 공격이었다.

키릭은 이 싸움이 생각보다 길어질 것을 예감했다.

처음 겪어 보는 전투 방식이기도 했지만 당장 놈에게 근접할 마땅한 방법이 없었기 때문이다.

푸른 불꽃을 반복해서 끌어내기도 어려웠다.

무한한 창조의 영역은 인간의 것이 아니고, 다른 차원의 존재에게나 가능한 일이다.

그 존재를 로슈르 제국민들은 태양이라 생각했고, 북부인들은 '윙락'이라는 초자연적인 정령이라 여겼다.

아무튼 키릭은 최대한 불꽃의 능력을 자제하며 싸움에 임해야만 했다.

휘리릭—

짧은 순간 한쪽 팔이 땅을 파고 올라온 채찍에 감겼다. 휘청거리는 키릭의 몸.

"서반!"

놈이 또 주문을 외치자 채찍이 빠르게 썩어 팔에 달라붙는다.

"윽."

따끔거리는 정도를 넘어 뼈아픈 통증이 올라왔다.

팔에서 강한 불덩어리가 일어나 그것들을 태워 날렸으나 떨어지는 빗물마저 검게 물들일 정도로 피해를 입었다.

부상을 입은 팔에 힘을 주자 통증이 배가되었다.

그 기미를 알아챈 적이 본격적으로 공격을 시작했다.

*　　*　　*

푸른 불꽃에 막힌 채찍이 급격하게 회전하며 방어막을 흐트러뜨렸다.

해제된 공간을 가로질러 진액들이 키릭에게 뿜어졌다.

일부는 철구에 닿아 연기를 피워 올렸고 일부는 바닥에 떨어져 물에 섞였다.

키릭은 지금 위치한 자리를 벗어날 수 없었다.

뒤쪽 멀찍이 쓰러져 있는 소년 때문이었다.

놈의 일차적인 목표인 소년과 떨어져 전투를 벌인다면 적이 무슨 짓을 할지 감을 잡을 수 없다.

따라서 최대한 자신과 소년을 동시에 방어해 내야만 했다.

채찍들은 단단했지만, 세이비어의 날카로움에 결국 잘려 나가곤 했다. 하지만 또 자라나 그 자리를 채워 키릭을 노렸다.

그야말로 디록과 이별한 후 최대의 난관을 맞이한 것이다.

'찾아야 해. 놈에게 힘이 되는 매개체를.'

일반적으로 알려진 마법이라는 능력은 극심한 힘의 소모를 가져온다.

아득한 고대의 마법사들은 끊임없는 수련을 통해 반복적으로 힘을 사용할 수 있도록 육체에 초자연력을 담았다고 한다.

그러나 그것만으로는 지속적으로 마법을 부리지 못한다. 연약한 인간의 몸은 분명 한계가 존재했기 때문이었다.

그리하여 마법을 일으키는 대부분의 능력자들은 특수한 물체에 힘을 넣어 그 한계를 보완했었다.

예를 들면 신성한 수정이라든지 검은 진주 같은.

하나 저 징그러운 적은 그러한 도구들을 사용하지 않았다.

수백, 수천 년을 살아오며 수련했다는 대마법사들이나 가능할 법한 행위를 자연스럽게 펼칠 수 있다니. 키릭이 아니라 다른 이였다면 놀라 기절하고도 남았다.

"호르카!"

놈이 외치는 주문이 달라졌다.

빠지직!

순간 키릭의 왼쪽 공간에서 방전 현상이 일어났다.

"큭!"

작은 번개가 부상당한 팔 부위를 지지고 사라진다.

"켈켈켈."

이번에는 정말로 확실한 비웃음이다.

키릭은 더없이 굳은 얼굴로 놈을 관찰했다.

바다보다 푸른 눈동자에 놈이 팔을 들어 하늘을 가리키는 것이 비쳤다.

"호르카! 호르카! 호르카!"

파밧! 파파파파파!

놈의 외침이 계속되며 사방에서 번개가 키릭에게 떨어졌다.

—전격 마법이야.

뇌 속으로 들어와 울리는 음성이 있었다.

—고대 남부 마법사들의 자랑거리 중 하나였지.

'누구냐.'

키릭은 맑게 울리는 목소리를 향해 물었다.

—나? 난 너의 친구.

'내게 친구 따윈 없어.'

키릭은 기이한 목소리의 주인이 왠지 낯설지 않았다.

—그보다 네 앞에 닥친 일부터 해결해야겠지?

그제야 키릭은 수십 가닥으로 분리되어 자신을 향해 떨어지는 번개들을 보았다.

'……멈추었군.'

송곳처럼 날카로운 번개의 끝이 코앞에 있었다.

그러나 그것들은 더 이상 전진하지 않는다.

'이것도 네가 한 것?'

──응. 아주 먼 과거에 살았던 학자가 정립한 이론을 응용한 거야. 물론 그가 누군지, 왜 내가 그것을 알고 있는지는 몰라.

'자, 그럼 네 도움을 받아 보자. 이제 어떻게 할까.'

콰콰콰콰!

천지가 진동하며 수많은 번개의 가닥들이 한 점에 떨어졌다.

상당한 수준의 전격 마법은 공터 전체를 환하게 밝히며 짧은 시각 강렬한 빛과 열기를 발생시켰다.

세상 어느 누가 이 막강한 마법 공격에 살아남을 수 있을까.

치이익.

추악한 괴인이 한 걸음을 다가섰다.

그의 앞에는 까맣게 탄 거인이 클레이모어의 검면을 앞으로 뻗은 채 서 있었다.

떨어지는 빗물이 그에게 닿아 곧바로 증발하며 연기를 허공으로 올릴 정도로 뜨겁게 달궈진 상태.

누가 보더라도 즉사했다고 여길 정도였다.

괴인의 목적은 키릭이 아니었다.

그에게 주어진 임무는 오직 데일을 확보하는 것.

다른 동료들이 받은 명령과 달리 반드시 데일을 살려서 데려오라는 것이었다.

처벅거리며 키릭을 지나 데일을 향해 움직이는 괴인.

그때였다.

"……뜨겁잖아."

우웅—

팟!

세이비어가 으르렁거림과 동시에 키릭을 중심으로 푸른 구체가 잠시 빛을 발한 뒤 흩어진다.

츄앗!

핏줄기가 길게 공중에 뿌려졌다.

괴인이 크게 뛰어 뒤쪽으로 다시 돌아가며 상처로 인해 벌어진 가슴을 부여잡았다.

"내게 힘을 주어 고맙다."

누군가에게 키릭이 중얼거렸다.

—아니, 난 버퍼가 아니야. 그건 다른 아이의 능력이고. 지금은 순전히 네 힘이지. 아직 네가 깨닫지 못한 것들이 많아.

"그런가."

전격 마법에 직격당하기 직전, 키릭의 머릿속에 기이한

문양이 떠올랐었다.

이 시대에 사용되는 것이 아닌 글자가 너무나도 선명하게 읽혀지며 멈추었던 시간이 풀렸다.

세이비어에 한 가닥 번개가 닿았고, 엄청난 고통이 엄습했다.

그 순간, 심장을 가운데 두고, 불꽃이 푸르게 발화되어 삽시간에 몸 밖으로 뻗어 나갔다.

적이 쏘아 낸 마법을 중화시키며 그대로 강력한 방어막을 형성해 몸 전체를 보호해 낸 기막힌 능력.

그것이 죽음 직전에 이르렀던 키릭을 살렸다.

그러나 키릭의 몸도 온전치 못했다.

송곳으로 심장을 찌르는 듯, 강한 고통이 계속되었고, 처음 번개의 영향을 받았던 오른팔이 지나칠 정도로 떨린다.

시간차가 거의 없었다고는 하지만, 갈라져 퍼진 번개들이 철구에 꽂혀 피부를 뚫은 뒤, 핏줄을 타고 전신을 쓸고 지나갔기 때문이었다.

당장은 서 있는 것도 기적에 가까운 일이었다.

쩌득.

키릭은 적의 상처가 꾸물거리며 회복되는 광경을 보았다.

—왼쪽.

팅!

음성의 지시에 따라 왼쪽으로 검을 돌려 날아온 채찍을

막았다.

―머리 위. 허리.

한 박자 빠르게 적의 공격을 알려 주는 맑은 목소리 덕분에 키릭은 부상당한 몸으로도 수월하게 방어를 할 수 있었다.

그 와중에도 키릭은 아픈 다리를 질질 끌며 조금씩 놈에게 접근했다.

상처를 회복하면서는 움직이지 못하는 것일까. 적은 한 발짝도 물러서지 않고 그저 채찍들을 쏘아 보낼 뿐이었다.

"마법이란 거, 만능은 아니로군."

슈아악!

퉁!

팅! 팅! 티티티팅!

여러 개의 채찍들이 동시에 세이비어에 걸려 튕겨 나갔다.

―오른팔에 있어.

"뭐가."

콰악!

푸른 불꽃이 다시 방패의 형상이 되어 키릭을 보호했다.

그리고 세이비어를 잡은 팔에 힘을 가한다. 그러자 인간의 것이라 상상하기도 힘든 근육이 불끈 솟아올랐다.

검끝을 바닥에 박아 넣고 막대한 힘을 축적하자 세이비

어가 희미하게 울기 시작한다.

—블랙 미디엄. 롱 버트의 검은 은총을 담아 둔 매개체.

키릭은 이 말을 듣고 놈이 사용하는 마법의 도구가 그의 오른팔에 박혀 있다는 것을 알았다. 롱 버트가 누군지, 검은 은총이 무언지 따위는 알 바가 아니다.

스으읏.

놈의 상처가 거의 사라졌다.

키릭은 마지막 일격의 때가 왔음을 직감했다. 그것은 아마 놈도 마찬가지일 터.

"드호……."

쉭!

놈의 주문이 채 끝나기 전 한 줄기 빛이 번쩍였다.

"크억!"

비명 소리와 함께 괴인의 오른팔이 허공에 떴다.

그리고 공중에서 몇 번 회전하다가 힘없이 떨어지며 사방에 돼지고기 썩은 냄새를 풍겼다.

후두두둑.

빗소리보다 더 확실하게 들리는 이 소리는 놈의 상체가 사선으로 절반 가까이 갈라져 내장과 핏물을 바닥에 떨어뜨리면서 내는 것이었다.

파지지직.

키릭의 머리 근처에서 잠시 일렁거리던 검은 형상이 작게 방전하며 사라졌다. 아마도 놈이 가하고자 했던 마법의 잔재일 것이다.

적은 패했고, 키릭은 승리했다.

단단한 육체가 비틀거릴 정도로 막심한 피해를 입었지만 저 괴물을 절반 가까이 베어 냈다.

무거운 클레이모어, 세이비어를 이처럼 빠르게 휘두를 수 있었던 것은 마스터 디록이 강요했던 가혹한 육체적 수련의 결과였다. 푸른 불꽃과 같은 비상식적인 능력이 아니라.

키릭은 무릎을 꿇고 남은 내장과 피를 질질 흘리는 놈을 확실히 끝내야 함을 알았다.

저 괴물은 지금 죽어 가고 있지만 상처에서 미미하게 움직이는 지렁이 같은 것들이 회복을 시도하고 있기 때문.

"목을 잘라야겠지?"

머릿속 음성에게 키릭이 묻는다.

—그것으로는 모자라. 조각조각 내서 태워 버려야 할걸?

"끙……."

키릭이 놈을 잘게 찢어 버리기 위해 다가갈 때였다.

쉭! 쉬익!

어디선가 바람을 가르며 날아오는 자들이 있었다.

키릭이 반사적으로 그중 하나를 향해 세이비어를 휘둘렀

고, 놈은 상하체가 분리된 채 뒤쪽으로 날아가 떨어졌다.

역시나 비슷한 차림을 한 적들이었다.

다른 두 놈이 키릭을 막아서며 이를 드러냈다. 그리고 또 둘이 죽어 가는 괴인을 부축했고.

평소 같으면 쉽게 도륙해 버릴 수 있는 놈들이었다. 하지만 지금 상태로는 무리였다.

"크릉."

한 놈이 늑대 울음소리를 내며 키릭을 위협했다.

그사이 괴인을 부축한 놈들이 일어나 전력을 다해 공터를 벗어난다.

삐이이익—!

귀를 찌르는 신호에 키릭이 인상을 쓴다. 그리고 공터 바깥쪽 숲에서 인기척들이 일어났다.

"캬앙!"

목숨을 포기한 적들이 키릭에게 덮쳤다.

발을 크게 들어 강하게 땅으로 내려찍는 키릭.

일렁거리는 방패가 전면을 꽉 채운다.

텅!

한 놈이 거기에 부딪쳐 잠시 허공에서 허우적거렸다.

퍼걱.

둔중한 세이비어의 검면이 놈의 머리를 터트려 날리자마자 다른 놈이 바닥을 치고 올라왔다.

팅!

가슴과 배를 가린 철구에 놈이 찔렀던 칼이 닿아 맑은 소리를 냈다.

그것이 놈이 들은 세상 마지막 소리였다.

부들거릴 정도로 힘을 가한 주먹으로 키릭이 놈의 관자놀이를 가격해 그대로 절명시켰기 때문이었다.

풀썩.

쏴아아아아.

쿠릉!

소란이 끝나자 세상이 다시 빗소리에 묻혔다.

"저것들의 정체가 뭐지?"

─…….

"넌 누구고. 저 아이는 또 누구냐."

─친구.

"나를 끌어당긴 존재가 너인가?

─아니, 그것은 운명. 수천 년 전에 누군가가 예언했고, 또 수만 년 전부터 내려온 고리.

"어렵게 말하는군……."

운명이라. 그런 것이 세상에 있기나 한가.

하긴, 자신의 푸른 불꽃이나 괴인의 전격 마법 같은 비현실적인 힘들이 존재하는 세상에 운명이라는 추상적이고도 초인간적인 관념이 실체화되지 않으리라는 보장은 없다.

"누군가 정해 놓은 길을 따라가라는 뜻인가. 너도 거기에 포함되고?"

—다섯.

"응?"

—운명은 거기까지야. 예언은 다섯이 함께 깨어나고 막아서리라는 것을 언급했으니까. 나머진 각자의 의지겠지.

"대체 넌 뭐냐고!"

키릭이 결국 화를 터트렸다.

"이봐!"

누군가 외치는 소리와 함께 머릿속에 감돌던 묘한 음성이 사라졌다.

키릭에게 소리친 자는 비숍이었다.

*　　*　　*

비숍이 등장한 뒤, 공터 주변을 맴돌던 인기척들이 빠르게 사라졌다. 그리고 그 방향은 아까 괴인과 그의 수하들이 몸을 피한 곳과 일치했다.

"등 뒤에 그건 뭐지."

비숍은 자신의 등에 업힌 채 축 늘어진 사람을 흘끗 보더니 가볍게 웃는다.

"이상한 자들에게 쫓기고 있더군. 날 보더니 기절하던

데? 구해 줘서 고맙다는 인사도 못 받았지."

업고 온 청년을 들어 천막에 넣고 나온 비숍의 눈이 쓰러져 있는 소년에게 닿았다.

"저런, 감기 걸리겠어."

비숍은 입고 있던 우의를 벗어 소년을 감싼 뒤 한 팔로 안아 들었다.

"잠깐."

키릭이 천막을 향해 가던 비숍을 세웠다.

키릭이 소년의 얼굴을 응시했다. 무엇을 보고자 함일까.

'내 착각인가.'

잠든 듯 편안한 얼굴로 기절한 소년의 얼굴에서는 더 이상 아까와 같은 광휘가 보이지 않았다.

'내게 말을 걸었던 존재는 네가 아니었나.'

평범하다 못해 보잘것없을 정도로 작은 소년.

자신이 손가락 하나만 까딱해도 숨이 끊어질 것만 같은 이 아이에게 그런 기이한 힘을 기대하기에는 무리다.

"왜?"

비숍이 말을 걸어 키릭의 상념을 끊었다.

"아니, 넣어."

비숍이 뭐라 중얼거리며 아이를 천막 안에 고이 눕히고 나왔다.

"미리 말하겠는데 나한테 뭔가 알아낼 생각은 하지 마."

비숍이 먼저 키릭에게 선언했다. 키릭 또한 묻고 싶은 생각이 없었고.

"우선 그 몸부터 추스르지? 이번엔 좀 심각한데?"

아직도 매캐한 탄내를 풍기는 키릭을 보며 비숍이 코를 감싸 쥔다.

키릭은 그에 답하지 않고 딱딱한 얼굴로 천막을 쳐다볼 뿐이었다.

그때 무언가가 키릭의 발밑에서 꼼지락거렸다.

그것은 시꺼멓게 썩어 가는 팔이었다.

"그 사부에 그 제자 아니랄까 봐 오른팔을 잘라 낸 건가."

약간은 비아냥거리며 비숍이 말했다.

키릭은 꿈틀거리는 팔의 단면에서 기어 나오는 작은 생물체를 보았다.

괴인의 상처를 회복시키려 애쓰던 그것과 같은.

"비숍."

"응?"

"네가 입을 닫아도 언젠가는 알게 되겠지. 이놈들의 정체를."

"……."

키릭이 괴인의 잘린 팔을 집어 들었다.

그리고 근육과 신경이 흐늘거리는 단면에 손가락을 푹

넣었다.

"윽."

징그럽다는 듯 과장되게 행동하는 비숍에게 신경도 쓰지 않던 키릭이 한 번에 팔을 잡아 찢었다.

툭.

무언가가 땅에 떨어졌다.

묵묵히 그것을 보는 키릭과 달리 비숍의 얼굴이 일그러졌다.

언뜻 보기엔 평범한 구슬이었다. 온통 검은 일색인.

하지만 그 안에 감도는 희미한 빛은 마치 살아 있는 생명체인 양 뱀처럼 이리저리 움직인다.

"블랙 미디엄."

키릭의 말에 비숍이 창백하게 변했다.

"너는 알 테지? 이 물건과 롱 버트라는 존재에 대해."

"이, 이거 나한테 주면 안 될까?"

비숍의 얼굴에 탐욕은 없었다.

하지만 그는 블랙 미디엄을 원한다.

대충 그 이유를 짐작한 키릭의 입가에 비웃음이 떠올랐다.

콰직!

ㅅㅇㅇㅇㅇ—

키릭이 두말 않고 블랙 미디엄을 밟아 깨 버렸다.

"헉!"

키릭의 발을 타고 올라오는 검은 연기는 곧 허공으로 퍼졌다가 다시 뭉쳤다.

비숍이 그것을 보고 두어 걸음 물러섰다. 보지 말아야 할 것을 본 듯.

진하게 뭉친 연기는 잠시 후 인간의 머리 형상으로 변했다.

흐릿하지만 분명히 사람의 얼굴 형태를 갖춘 연기.

"네가 롱 버트냐."

입으로 보이는 부분이 기묘하게 흔들렸다.

차갑게 미소 짓는 형태와 흡사하게.

"나중에 따로 한 번 보자."

키릭은 확실하게 롱 버트를 적으로 인식했다.

자신에게 무기를 들이댄 자였기 때문.

그러나 그의 형상을 한 연기는 그렇게 생각하지 않은 듯했다.

그것은 키릭에게 공손히 고개를 숙이며 천천히 흩어진다.

"예의 바른 적이로군."

"으, 으어……."

공포에 질린 비숍과 그것을 재미있다는 듯 바라보는 키릭이었다.

둘은 얼마 뒤 그 자리를 떠났다.

비숍은 떠나기 전 죽은 놈들의 시체와 덩어리들을 모아 불에 태웠다.

적어도 큰 흔적들은 지워 놓겠다는 의도가 역력했다.

키릭은 고통을 참으며 키리코에 올라 숲을 떠났다.

이 묘한 만남과 전투를 뒤로 한 채.

마지막으로 고개를 돌려 천막을 바라보자 그 안에서 기절했던 청년이 깨어나는 기적이 있었다.

험한 일을 겪은 자라고 보기에는 너무나도 차분히 움직이는 그림자.

키릭은 저 청년 또한 평범한 자가 아님을 깨달았다.

숲을 벗어나 멀리 이동한 두 사람은 빗줄기가 약해지자 가까운 돌산에 자리를 잡았다.

생각보다 키릭의 부상이 심했기 때문이었다.

팔과 다리의 피부 상당 부분이 곪아 들어가 끊임없이 진물을 흘렸고, 쿨럭거리는 기침 속에서 검은 핏물이 함께 튀었다.

철구와 의복을 다 벗자 튼튼한 키릭의 육체가 드러났다.

검게 탄 것은 물론이고, 내부에서 뭔가가 터져 나온 듯 구멍을 통해 피가 샘솟는다.

임시방편으로 비숍이 약을 발라 주었지만 상처는 계속

벌어지기만 했다.

"이거 뭐, 방법이 없군."

평평하게 튀어나와 지붕 역할을 하는 바위 덩어리들 아래에서 비숍이 중얼거렸다.

"노인네의 검이 더 아팠어."

"크크크."

디록에게 가르침을 받으면서 당했던 아픔과 산재했던 상처들에 비하면 아무것도 아니라는 뜻으로 키릭이 말하자 비숍도 더 이상 걱정은 하지 않는다.

"비가 곧 그칠 것 같네."

멀리 떠오르는 태양을 바라보며 비숍이 말했다.

"그래도 며칠간은 여기서 움직이지 못하겠는걸. 네 상처부터 해결해야지."

키릭은 대답 없이 눈을 가늘게 뜨고 붉게 타오르는 태양을 응시했다.

환상일까.

거대한 빛 속에 무언가가 보였다.

그립지만 결코 보고 싶지 않은 느낌.

표현할 수 없는 원망이 담긴 애절함.

키릭이 눈을 감았다.

자신의 것이 아닌 다른 기억이 떠오르는 듯한 착각이 들었기 때문이다.

눈을 감자마자 졸음이 쏟아진다.

격렬한 전투의 피로와 부상으로 인한 것일까. 그게 아니라면 태양 속에 자리한 그리움에 대한 거부 반응이었을까.

그대로 잠들어 버린 키릭은 자신도 모르게 뱉은 마지막 단어를 기억하지 못했다.

그것을 들은 비숍의 눈이 심각하게 변하는 것도 못 보았고.

그 단어는 어떤 존재의 이름이었다.

아득한 전설의 시대, 일곱 용들이 수호하던 세상.

그리고 그러한 세상을 창조한 절대자의 이름.

라 자린.

*   *   *

키릭이 몸을 회복한 것은 그로부터 며칠이 더 지나서였다.

그쳤던 비가 다시 세차게 내리기 시작한 날, 키릭과 비숍은 다시 길을 나섰다.

강건한 육체를 가진 키릭이지만 지나친 야영은 몸에 해로울 수 있다.

따라서 이들은 바로 수도인 라로시르로 향하지 않고 적당히 머무는 것이 가능한 위성도시 하르실라로 방향을 잡았다.

그리고 어느덧 둘은 해자를 넓게 파 놓은 거대한 성곽 주변에 이르렀다. ·

"하르실라는 원래 전쟁을 위해 만든 요새였어."

물어보지도 않았건만 비숍이 말을 꺼낸다.

"네 고향인 자유무역연합과 로슈르 제국 사이에 전쟁이 있었지. 역사를 배웠다면 잘 알 거야."

키릭의 눈은 높이 올라간 성벽 끝에 고정되었다.

제국의 상징인 검과 곡식 낟알이 수놓인 검은 깃발이 비에 젖어 힘없이 늘어진 모양이 유난히도 인상적이었다.

"제국이 안이했다기보다 북쪽 군대가 상상 이상으로 강했었다지? 전쟁 초반에 국경이 완전히 뚫려, 연합 군대는 라로시르를 향해 곧바로 진격했었어. 결국 한참 못 미처 끝장나기는 했지만, 황제도 아차 싶었을 거야. 당시 열 개가넘는 초대형 요새를 수도 북쪽으로 줄줄이 세웠어."

"여기도 원래는 그중 하나였겠지."

드디어 키릭이 입을 열었다.

"맞아. 종전 이후 자유무역연합과 제국의 협정으로 요새들 대부분은 그 기능을 잃었어. 뭐, 이 나라에 남아 도는것들이 물자며 돈이니 텅 빈 요새를 도시화시키는 정도는 아무것도 아니었지. 그것도 철저하게 계획적으로 말이야."

"조용해서 좋군."

키릭은 비숍의 말을 흘리며 자신의 감상을 말했다.

"원래는 제국 어느 곳보다 시끌벅적한 곳이야. 놀고, 먹고, 마시고, 자고, 돈만 있다면 뭐든지 할 수 있는 장소지. 하지만 요즘만큼은 다들 자제해야 해. 대지를 풍요롭게 가꿔 주는 축복의 비가 내리는 시기에는."

"어떻게 들어가지? 저렇게 높고 단단한 성벽으로 막혔는데."

키릭은 그저 안쪽으로 들어가고자 하는 생각 외에는 없었다.

"허허, 그냥 들어가면 돼. 이곳의 성문은 언제나 열려 있으니."

비숍이 웃으며 해자 건너편까지 연결된 나무 다리를 가리켰다.

도시는 고요했다.

들리는 것은 오직 빗소리가 전부.

환하게 불을 밝히고 있어야 할 여관들과 술집들도 모두 어둠에 싸인 채 내리는 비를 향한 축복의 기도를 올리는 것만 같다.

"중심부는 여기보다 더 으리으리해. 불 꺼진 것은 마찬가지겠지만."

처음 와 보는 대도시였지만 키릭은 길게 늘어선 화려한

건물들에 관심을 주지 않고 앞을 향해 키리코를 몰 뿐이었다.

"슬슬 잘 곳을 잡아."

"그럴까?"

비숍이 먼저 앞질러 중심부가 아닌 외곽 쪽으로 다시 방향을 틀었다.

키릭은 묵묵히 그 뒤를 따르기만 하고.

그렇게 길을 따라가자 비교적 소규모 건물들이 나타나기 시작했다.

대부분이 술을 팔고 투숙까지 겸하는 집들이 밀집된 거리에 도착하자 비숍이 손가락을 들어 어딘가를 가리켰다.

"저기가 좋겠군."

비숍의 손가락 끝에는 비교적 작은 건물이 있었다. 그렇다고 해도 웬만한 중소 마을의 회관보다는 컸지만.

덜컹!

키릭이 여관의 정문을 열었다.

쉬이이이이잉—

등 뒤에서 맴돌던 바람이 세차게 여관 내부로 빨려 들어가며 키릭이 입고 있던 기름먹인 망토를 흔들었다.

실내의 홀은 상당히 넓은 편에 속했고, 잘 정돈된 식탁과 의자들이 가장 먼저 눈에 들어왔다.

순간 키릭의 발이 멈칫했다.

식탁에 둥글게 앉아 늦은 식사를 즐기던 투숙객들을 발견했기 때문만은 아니었다.

자신을 보며 놀란 얼굴을 감추지 못하는 세 사람.

그중 한 명인 작은 소년을 보았기 때문이었다.

'너는……'

알 수 없는 광휘를 뿜으며 괴물의 손을 잡아 가던 그 소년.

자신을 끌어당긴 존재라 확신했던 황금빛 머리카락을 가진 아이.

소년의 크고 맑은 눈과 키릭의 깊고 차가운 눈이 서로를 응시한다.

*   *   *

"아! 머리야!"

데일은 지끈거리는 뇌와 울렁거리는 위장이 전해 오는 아픔에 잠에서 깨어났다.

"그에에에에에."

위액이 역류하며 식도를 쑤셨고, 데일은 비틀거리며 침상에서 일어나 새벽 내내 토사물을 뱉어 낸 철제 양동이 쪽으로 걸어갔다.

켁켁 거리며 더 이상 나오지도 않는 위액을 토하는 데일.

그런 데일의 뒤에 폰이 걱정스러운 얼굴로 물을 적신 천을 들고 서 있다.

'어린 것들이……'

속으로 혀를 차는 폰은 괜히 데일에게 술을 가르쳐 준 키릭을 원망할 뿐.

"데, 데일. 여, 여어기 마실 무울."

"흐윽, 고마워요, 아울."

줄줄 흐르는 눈물을 닦던 데일이 떨리는 손으로 간신히 잔을 잡아 물을 들이킨다.

"크어."

데일이 마른 짚단처럼 침상에 푹 쓰러졌다.

폰은 지금 걱정이 컸다.

데일이 과음으로 인해 몸 상태가 최악이라서가 아니었다.

모로와 그의 병사들, 그리고 스타비챠들이 죽음으로 벌어 준 시간.

자신들은 그 시간을 낭비했다.

밤의 사냥꾼들이 비록 하룻밤을 빼앗겼지만, 지금까지 보여 준 행적으로 보아서는 자신들을 찾아내는 것 정도는 그리 어렵지 않을 것이다.

지금 당장은 어떠한 조력도 받을 수 없었다.

폰과 비숍을 제외한 스타비챠들이 움직인다면 적들이 더

쉽게 자신들의 위치를 파악할 것이기에.

게다가 하르실라라는 무척이나 불길한 이름을 가진 이 도시도 꺼림했다.

그래서 모로를 만나기 전 방향을 틀어 하르실라를 피해 가고자 했던 것이었다.

당장이라도 떠나야 안심이 되겠건만 데일이 숙취로 인해 저리 되어 버렸으니 아울이라는 청년의 역할이 주어진 폰으로서는 억지로 데일을 잡아끌 명분도 없다.

데일을 이리 만든 원흉인 키릭은 숙취 따위가 무어냐는 듯 아무렇지도 않은 몸으로 조용히 아침 식사를 마치고 그의 방에 들어가 명상을 취했다.

그 또한 당장 이 도시를 떠날 생각이 없는 것으로 여겨졌고, 그것은 비숍도 다르지 않았다.

혼자 속이 타는 폰만이 자꾸 일그러지려는 얼굴을 애써 감추고 한숨만 쉰다.

그릉…….

땅속 깊은 곳.

무언가가 조용하게 숨을 뱉는다.

그리고 이 도시 하르실라에 있는 모든 생명체들은 수천 년 만에 울려 나온 그 소리를 듣지 못했다.

"이거 미치겠군."

폰이 저도 모르게 정상적인 말투로 입을 열었다.

그는 데일이 누워 있는 침상 옆에 서서 젖은 수건을 든 채 잔뜩 인상을 썼다.

데일은 지금 몇 바가지나 되는 땀을 흘리며 지독한 열병에 시달리고 있었다.

"하아…… 젠장."

일렁거리는 촛불에 진 그림자가 데일의 고통에 겨운 얼굴을 더욱 비참하게 만든다.

"이럴 때 감기라니. 그날 비를 너무 많이 맞았어. 게다가……."

데일의 숙취가 너무 오래가는 것을 이상하게 여기던 폰은 오후가 되어서야 데일이 독감에 걸려 신음하는 것을 알았다.

안 그래도 약간 기미가 보이긴 했지만, 비교적 건강한 데일이었기에 그냥 넘어갔었다.

하지만 술.

술이 문제였다.

처음 마신, 그것도 키릭보다 한 동이는 더 마셔 버린 술이 데일의 저항력을 완전히 무너뜨렸다.

벌써 해가 지고 어둠이 찾아왔다.

지금부터는 밤이 지배하는 세상.

자신들의 숨 한 모금도, 작은 걸음 하나도 놈들에게 보내는 신호가 될 수 있다.

'설마, 이런 대도시에서 습격을 감행하지는 않겠지. 제렌 디스가 깨어났다고는 하지만 제국 전체와 전쟁을 벌일 시기는 아니니까. 또 우리의 숨은 세력도 만만치는 않아. 지금 놈들이 마각을 완전히 드러낸다면 필패.'

제르 호바라는 막강한 존재를 뒤에 두지 않고서는 아무리 제렌 디스들이라 하더라도 제국의 거대한 물량을 감당하지 못한다.

자칫하면 저들의 심장부인 얼음 대지 전체에 제국의 깃발이 휘날릴 수 있다.

따라서 아직은 함부로 전력을 기울이지 못할 것이다.

그제야 안심이 되었는지 폰이 무표정한 얼굴로 데일의 땀을 닦아 주었다.

스릉, 스르릉.

세이비어의 날을 세우는 키릭도 표정이 없었다.

숫돌이 날을 지나갈 때마다 불똥이 튀는 것을 보던 비숍이 입을 열었다.

"왜 끝까지 갈지 않나."

키릭은 절대로 세이비어의 날을 날카롭게 만들지 않았다. 스스로 만족스러울 정도까지만 숫돌을 움직일 뿐.

"싫어하니까."

"네가?"

"아니, 이 녀석이."

"허허."

웃고는 있지만 사실 비숍도 걱정이 들기는 마찬가지였다.

폰이 말한 하르실라라는 이름의 금기는 둘째치고서라도 하루빨리 라로시르에 도착해야 한다는 사실에는 변함이 없기 때문이었다.

라로시르에는 자신들의 주인이 있다.

감히 키릭이나 디록, 슈네인 따위는 상대하지도 못할 만큼 엄청난 강자.

지난 수천 년 동안 제렌 디스의 잔당들이 끊임없이 대륙에 영향력을 행사하고자 했지만, 번번이 좌절된 이유는 바로 자신의 주인 덕분이었다.

특히 수도 라로시르는 절대불가침의 영역이었다.

강대한 마력으로 형성한 방어력은 놈들이 감당할 수준이 아니었다.

주인의 진정한 정체?

그것은 누구도 몰랐다.

그가 몇 살인지, 아니, 대체 몇 년을 살아왔는지, 인간이기는 한 것인지.

그를 지근거리에서 모셨던 이의 말에 따르면 제렌 디스

들과 정면으로 싸워도 밀리지 않을 것이라 했다. 그들의 능력이 기록에서 전하는 바가 정확하다면.

비숍도 폰도 다른 피스들도 아이들을 주인의 영역까지 무사히 데려가야 한다.

그래서 아이들의 힘을 깨워 제르 호바가 말한 그날을 준비해야 한다.

함께한 다섯이 막아서리라.

비숍은 속으로 제르 호바의 예언이라는 베난드록의 연구서 한 구절을 읊었다.

다섯? 왜 여섯이 아니고 다섯일까.

제르 호바를 뺀 나머지는 여섯인데. 하나는 왜 그의 예언에 등장하지 않았을까······.

"쓸데없는 생각."

비숍이 중얼거려도 키릭은 관심조차 주지 않는다.

뚝.

갑자기 키릭의 손길이 멈췄다.

"응? 왜."

"쉿."

키릭이 가만히 눈을 감고 창밖의 소리에 집중했다.

쏴아아아아아.

그러나 들리는 거라곤 빗소리뿐이었다.

그런데 왜 키릭은 계속 뭔가를 느끼기 위해 집중하고 있을까.

비숍도 키릭의 심각한 표정을 보며 함께 밖의 상황에 신경을 곤두세웠지만 밤의 사냥꾼들이나 그밖의 위험 요소들을 알아낼 수 없었다.

키릭이 눈을 떴다.

그것 보라는 듯 비숍이 살짝 비웃음을 머금는 순간, 키릭이 벌떡 일어났다.

반짝이는 세이비어를 오른손에 꽉 쥔 채로.

"뭐야?"

대답 없이 문을 열고 방을 나서는 키릭.

저 모습은 분명 싸움을 앞둔 전사의 그것이다.

"난 느끼지도 못했는데. 뭘 들은 거지?"

비숍은 안다.

녹터널 헌터나 늪의 요정들은 분명히 아니라는 사실을.

놈들은 지금 광활한 대지에서 자신들의 흔적을 찾고 있을 터. 또한 부지런히 그들의 시선을 분산시키는 스타비챠들도 충분히 믿음직스러웠다.

한데 키릭이 왜?

일단 그의 감각을 믿어 보기로 한 비숍이 조용히 위프피어를 왼손에 쥐고 따라 나섰다.

"타락."

"응…… 어?"

폰은 데일의 얼굴을 닦다 말고 갑자기 저 작은 입에서 나온 단어에 무의식적으로 답했다.

"타락, 타락, 타락, 타락."

"데, 데일."

덜컹!

데일의 몸이 한 차례 들썩거렸다.

"타락이야. 그가…… 그녀가 키릭을, 나를, 우리를 찾아왔어."

"무, 무무, 무슨 소, 소리야."

데일의 눈이 번쩍 뜨였다.

그리고 동시에 황금빛 광선이 눈을 통해 길게 뿜어져 나왔다 사라진다.

'이것은!'

폰은 지금 데일이 자신이 알던 작은 소년이 아니라는 것을 본능적으로 깨달았다.

"복수하려는가, 타락이여."

동공이 금빛으로 물든 데일의 입에서 같지만 다른 느낌의 음성이 나왔다.

'위험하다. 데일이, 총명한 운명의 중심께서 경고를 보

내는 것!'

폰은 서둘러 모포를 들어 데일을 감쌌다.

그리고 풀리지 않게 단단히 줄로 묶어 자신의 등에 업고 기름 먹인 우비를 걸쳤다.

'타락…… 분명 타락이라 했다. 하르실라와 마왕이 낳은 악의 씨앗.'

폰은 돋아난 소름에 저도 모르게 몸을 떨었다.

쏴아아아아!

여관의 출구를 열고 나간 자리.

세이비어를 축 늘어뜨리고 키릭이 서 있었다.

그리고 조금 떨어진 정면에 누군가 보였다. 석상처럼 미동 없는 자세를 한 채.

후드를 코끝까지 당겨 그 안에 어둠만이 가득한, 갈색 로브를 입은 **인간**.

세차게 떨어지는 빗물을 튕겨 내며 한참을 그 자리에서 움직이지 않는다.

그가 내뿜는 입김만이 석상이 아님을 대변해 줄 뿐.

키릭이 먼저 그를 향해 걸었다. 그런 키릭을 여관 앞에 선 비숍이 긴장한 얼굴로 바라본다.

어느 정도 거리가 좁혀졌을 때 키릭이 걸음을 멈췄다.

"너도 롱 버트가 보낸 마법사인가?"

서로의 말이 충분히 들릴 거리였기에 키릭이 말을 걸었다.

　"오랜만입니다."

　번쩍!

　쿠르릉!

　번개가 세상을 환하게 비추고 난 뒤 천둥소리가 뒤를 따른다.

　로브를 입은 자는 여자. 무척이나 부드럽고 또 상쾌한 음성을 지닌.

　"롱 버트의 개냐고 물었다."

　"절 잊었습니까?"

　여인은 자꾸 엉뚱한 대답만 한다.

　"처음 보는 사람에게 하는 인사라면 방법이 틀렸어."

　"저런…… 실망인데요? 제 자신에게."

　"뭐?"

　"지고한 존재이신 당신들에게 전 기억에 남기는 것조차 부끄러운 그런 '물건' 이었으니까요."

　키릭은 저 여자가 분명 미쳤을 것이라 생각했다.

　"제 이름은 헤테르프."

　"……."

　"북부어로 타락이란 뜻이죠."

　"산맥 너머 북부인인가?"

키릭은 그녀가 자신과 같은 자유무역연합 출신일지도 모른다고 여겼다.

"아뇨. 제 근본은 남쪽에 있어요. 기억 못하시겠지만."

"같은 땅에서 태어났기에 네게 자비를 베풀겠다. 당장 위협을 거두고 떠나."

"자비? 지금 자비라 하셨습니까?"

갑자가 헤테르프가 깔깔거리며 웃었다.

키릭은 그녀의 웃음이 날카로운 비수가 되어 피부를 긁어 오는 것만 같은 아픔을 느꼈다.

'여기나 저기나 괴물들만 득실거리는군.'

"그래요, 자비. 당신은 그 자비로운 분을 따라 신성하신 제 아버지를 배신했죠. 다른 존재들과 마찬가지로."

"헛소리 그만하고 결정해. 네가 북부 출신이라면 이 검을 알 것이다. 피를 보기 전까지 절대 멈추지 않는 마검, 세이비어를."

키릭이 세이비어를 들어 그녀에게 보여 주었다.

만 명을 벤 이 클레이모어를 모르는 북부인은 없다. 헤테르프가 정말로 그쪽 출신이라면……

"호오, 정말로…… 정말로 간만에 보는 형제로군요. 그런 모습이 되어 당신께 속해 있다니. 어리석기 짝이 없습니다."

"자비는 여기서 끝이다. 난 내 앞에 선 적을 용서해 본 적이 없다."

키릭이 성큼 한 걸음을 다가갔다.

"어? 폰."

비숍은 키릭과 불청객이 대화를 나누는 것을 지켜보던 중, 뒤에서 등장한 폰을 보고 놀랐다.

폰은 데일을 완벽하게 감싸 등에 업은 채 무척이나 심각한 얼굴로 서 있었다.

"도망쳐야 해."

"왜. 보아하니 키릭이 한 방 먹일 것 같구먼."

말투와 달리 비숍도 굳은 얼굴이긴 마찬가지.

"저건 우리가 생각하는 단순한 제렌 디스의 하수인이 아니야."

"무슨 말이지?"

"타락."

"……."

"이 땅, 하르실라에 잠들어 있던 악의 씨앗."

"자네, 신화나 전설에 너무 심취해 있더니……."

비숍은 말하다 말고 폰의 표정을 보자 입을 닫았다.

지금까지 그를 알고 지내며 저런 불안한 모습을 보인 적이 있었던가?

"내 짐작이 틀림없다면 저건 인간이 아니야. 아니, 그보다 훨씬 상위의 존재. 우린 지금 고대의 전설을 목격한 거야."

폰의 음성이 잘게 떨렸다.

감정이 거의 없는 피스인 폰이 지독한 두려움에 사로잡혀 있음을 방증하는 것이다.

"자신을 알지 못하는 키릭은 절대 저것의 상대가 되지 않아. 당연한 말이지만 데일도. 어쩌면 우리의 주인께서도."

"말도 안 돼. 전설 속의 흑룡족들을 제외하고 제렌 디스들과 어깨를 나란히 할 유일한 분이 주인이신데."

"제렌 디스도, 우리의 주인도 결국 '인간'이 아닌가."

순간 비숍의 안색이 하얗게 질렸다.

스스로 뱉은 말 속에 답이 있었기 때문.

"설마…… 흑……."

"흑룡족이야. 더 예전에는 신룡족이라 불린."

"정말로 있었군. 역사를 변형시킨 전설이 아니었던가……."

비숍은 알 수 없는 절망감이 자신을 잡아당기는 것을 느꼈다.

웅웅웅—

키릭이 헤테르프에게 접근하면 할수록 미지의 기운이 걸음을 방해했다.

앞쪽에서 압력이 가해지며 마치 바람이 몸을 밀어내는

듯한 상황이었다.

끼기긱.

세이비어가 땅에 끌리며 불꽃을 피웠고, 어둠에 가려진 헤테르프의 입가에 작은 미소가 잡힌다.

"베어 버릴 테다."

"당신께선 아직 깨닫지 못하셨군요."

"무슨 소린지 모르겠지만 난 살인 따위를 망설인 적이 없어. 널 제거하고 이 도시를 떠나면 그뿐이야."

퉁!

키릭이 강하게 땅을 박찼다.

미세한 충격에 물방울들이 위로 튀어 작은 물줄기를 만들다 허공에 흩어진다.

부우우웅―

세이비어가 비와 공기를 가르며 헤테르프의 목을 향해 움직였다. 그러나 그 속도는 터무니없이 느리기만 했다.

적의 목이 떨어지려는 순간, 검날이 헤테르프의 목 근처에서 멈춘다.

더 놀라운 것은 키릭의 몸도 공중에 뜬 채 정지했다는 것이다.

"……"

"우리 모두의 존경을 받던 고귀하신 분."

헤테르프는 손 하나 까딱하지 않은 상태로 서 있었으나

키릭은 형체 없는 손아귀에 잡힌 것처럼 미동조차 할 수 없었다.

"하지만 당신에게 신뢰의 눈길을 주던 우리를 학살하신 분도 그대."

"이익!"

키릭이 몸을 마구 비틀어 보이지 않는 손에서 벗어나기 위해 애썼다.

핏!

쿵!

결국 키릭은 그것에서 벗어나 땅에 착지했다.

"복수는 정당한 권리라지요. 당신이 그런 연약한 육체에 깃든 지금이야말로 제겐 최고의 기회입니다. 먼 훗날 아버지께서 다시 세상을 향해 포효하실 때, 당신이 그분 곁에 계시다면 그때 죄를 청하지요."

갑자기 헤테르프의 옆에 떨어지던 빗물들이 공중에서 멈췄다.

하나하나가 둥그런 방울을 형성해 구슬과 같은 영롱함을 뿜낸다.

"노라."

알 수 없는 언어를 차갑게 내뱉는 헤테르프.

키릭은 본능적으로 왼팔을 들어 가슴 앞에 대각으로 세웠다.

팅! 티팅! 티티티티티팅!

수십, 수백에 이르는 물방울들이 화살처럼 날아와 키릭이 만들어 낸 푸른 방패에 부딪쳤다.

'미친.'

이런 상황이 미쳤다는 뜻일까. 키릭은 속으로 욕을 씹어 먹었다.

이건 뭐 만나는 적들마다 한결 같이 마법을 식은 죽 먹는 것처럼 쏴 대지 않는가.

키릭이 이를 악물자 방패가 더욱 커졌다.

하지만 지속적으로 부딪쳐 오는 물방울들이 점점 방패가 뿜어내는 푸른빛을 약하게 만들었다.

찡!

유리잔에 금이 가는 소리가 들리며 방패에 비스듬히 맞아 튕긴 물방울 하나가 키릭의 오른쪽 어깨를 스쳤다.

"그웨드라."

또 헤테르프의 입에서 미지의 단어가 울려 나왔다.

이번엔 위쪽.

예상치 못했던 방향에서 비의 화살들이 쏟아졌다.

"큭!"

머리 위쪽에도 빠르게 방패가 형성되어 공격을 막아 냈으나 그 일부가 침투해 몸을 긁고 지나갔다.

'빌어먹을.'

접근조차 불가능할 정도로 들이치는 공격.

옆이나 뒤에서 같은 공격이 들어온다면 낭패다. 키릭 역시 이전의 부상에서 완벽히 회복된 것은 아니었기에 속에서 끌어낸 푸른 불꽃을 광범위하게 펼쳐 유지하기에 힘이 부칠 것이 자명했다.

슈우우욱!

그때 무언가가 키릭의 뒤에서 빠르고 강하게 날아왔다.

빠직.

헤테르프의 근처에 이르자 그것은 수백 조각으로 분해되어 사라져 버렸다.

그녀가 살짝 얼굴을 들어 키릭 너머를 응시했다.

얼굴을 가린 어둠이 일부 밀려나며 검은 입술과 창백한 피부, 검붉게 빛나는 눈동자를 지닌 한쪽 눈이 드러났다.

헤테르프의 눈이 닿은 곳에는 비숍과 폰이 있었다.

방금 날아간 물체는 폰의 팔뚝에 장착된 작은 크로스 보우에서 쏘아진 화살이었다.

그리고 폰은 재빨리 살을 뽑아 재장전한다.

그러나 헤테르프는 폰을 보는 것이 아니었다. 폰의 등에 업혀 두꺼운 천에 가려진 소년.

잠시 후 헤테르프의 눈가에 뜻 모를 따스함이 감돈다.

"잊을 뻔했습니다. 당신께서도 함께 계신다는 것을."

키릭을 대할 때와 달리 데일을 바라보는 헤테르프의 태도는 오래 전부터 그리워하던 누군가를 눈에 담은 여인의 그것과 같았다.

〈『라 자린』 제2권에서 계속〉

라
자
린

1판 1쇄 찍음 2014년 2월 5일
1판 1쇄 펴냄 2014년 2월 10일

지은이 | 거   해
펴낸이 | 정   필
펴낸곳 | 도서출판 **뿔미디어**

편집장 | 이재권
기획 · 편집 | 윤영상
편집디자인 | 이진선

출판등록 | 2002년 9월 11일 (제1081-1-132호)
주소 | 경기도 부천시 원미구 상동로 117번길 49(상동) 503호 (우)420-861
전화 | 032)651-6513 / 팩스 032)651-6094
E-mail | bbulmedia@hanmail.net
홈페이지 | http://bbulmedia.com

값 8,000원

ISBN 979-11-7003-237-3 04810
ISBN 979-11-7003-235-9 04810 (세트)